이성선 시인 20주기 추모 시선집

고향의 천정

설악문화예술포럼 편

서정시학

〈편자의 말〉

다시 이성선 시인의 이름을 부르며

올해는 별과 설악을 노래한 이성선 시인이 우리 곁을 떠난 지 스무 해가 되는 해입니다. 시인은 떠나도 시는 세상에 남아 독자들은 오늘도 시인의 이름을 부르며 그의 시에 대한 사랑은 끝없이 이어지고 있습니다.

우리는 그가 태어나고 자라고 공부하고 일하며 일생을 마친 고향에서 독자와 시민들의 관심 속에 그의 20주기를 기념하게 된 것을 기쁘게 생각합니다. 이에 우리는 그의 시를 사랑하는 시민 독자들과 함께 그의 문학을 기리고 독자들 곁에 좀 더 다가가기 위하여 20주기를 기념하는 추모 시선집을 발간하게 되었습니다.

그가 일생 동안 펴낸 14권의 시집과 5권의 시선집 및 공동시집에서 60여 편의 작품을 여태천 시인이 선하고, 거기에 평소 시인을 사랑하고 같은 길을 걸었던 평론가와 후배의 해설을 붙였습니다. 시 선집 한 권으로 이성선 시인의 생애와 작품 세계를 다 말한다고 할 수는 없겠으나 독자들이 다시 보고 싶어 하거나 잊고 싶지 않은 작품을 한 권의 시집에 담음으로써 늘 가까이 만날 수 있기를 바라는 마음에서입니다.

시인은 가도 시는 언제 어디서든 그를 사랑하는 독자와 만나고 시인은 시를 사랑하는 독자를 통해 무한한 생명력을 얻어가는 게 문학이 가진 힘이기도 합니다. 이번 20주기를 맞아 그의 문학에 대한 문단적 평가와 독자들의 사랑에 비해 다소 엷은 지역적 관심 등에 아쉬움이 없는 것은 아니나 그것이 지역의 문화적 전통이나 인문적 풍토와도 서로 작용하는 것이고 보면 다만 20주기를 맞으며 이성선 문학에 대한 사랑과 관심이 보다 더 깊어질 수 있기를 독자 여러분과 함께 희망해 봅니다.

이성선 시인 20주기 기념사업을 적극적으로 지원하여 주신 강원문화재단과 흔쾌히 선집을 내주신 서정시학, 그리고 관심과 지원을 아끼지 않으신 문단과 지역의 선후배 여러분께 깊은 감사의 말씀 올립니다.

설악문화예술포럼 대표 이상국

차 례

편자의 말 ∣ 2

1부

『詩人의 屛風』(현대문학사, 1974)

새벽 ∣ 15

서랍 ∣ 16

새 ∣ 18

無題 ∣ 19

고향의 天井 1 ∣ 20

『하늘문을 두드리며』(전예원, 1977)

1 ∣ 23

14 ∣ 24

38 ∣ 25

58 ∣ 26

90 ∣ 27

『몸은 지상에 묶여도』(시인사, 1979)

물 속 빈 산 꽃 피는 소리 | 29

산을 들어서며 | 30

몸은 지상에 묶여도 | 31

마루를 닦으며 | 32

등잔 곁에서 | 34

2부

『나의 나무가 너의 나무에게』(오상사, 1985)

북 | 37

별로 떠 있는 사람들 | 38

별을 보며 | 39

논두렁에 서서 | 40

허물어진 여자 | 41

저녁 바다에서 | 42

『별이 비치는 지붕』(전예원, 1987)

아름다운 사람 | 45

가을 편지 | 47

사랑하는 별 하나 | 48

눈물 | 50

나의 집 | 51

별이 비치는 지붕 | 52

벌레 버스 | 54

『별까지 가면 된다』(고려원, 1988)

나의 집 2 | 56

求道 | 57

논을 갈다가 | 58

절망 | 59

내 몸이 비어지면 | 60

외로운 사랑 | 61

3부

『새벽 꽃향기』(문학사상사, 1989)

발자국 | 65

별 아래 자는 시인 | 66

노을 무덤 | 67

빈 산이 젖고 있다 | 68

물방울 우주 | 69

나무 | 70

『향기나는 밤』(전원, 1991)

아들에게 | 72

밥 | 73

나도 산도 없다 | 75

우산 | 76

흑싸리 | 78

『절정의 노래』(창작과비평사, 1991)

달을 먹은 소 | 80

꽃잎 속에 누워 자다 | 81

작은 풀씨 | 83

누구일까 | 84

깨끗한 영혼 | 86

절정의 노래 1 | 87

4부

『벌레 시인』(고려원, 1994)

오세암 | 91

파도 | 92

벌레 시인 | 93

물을 들여다보며 | 95

바람이 쓸어 놓은 길 | 97

『산시』(시와시학사, 1999)

귀를 씻다 | 99

눈물 | 100

황홀 | 101

숨은 산 | 102

위험한 사람 | 103

삽 한 자루 | 104

『내 몸에 우주가 손을 얹었다』(세계사, 2000)

꽃잎을 쓸며 | 106

흔들림에 닿아 | 107

미시령 노을 | 108

설악산 큰 눈 | 109

별을 바라보는 우물 | 110

무릎 위의 시 | 111

20주기 심포지엄 발제문 1 / 해설 | 고형렬 112

20주기 심포지엄 발제문 2 / 발문 | 여태천 133

연보 | 164

1부

『詩人의 屛風』(현대문학사, 1974)

새벽

투명한 생명의 울림이 응결된 가지에
섬약한 神의 손끝이 닿아
넓은 光明으로 부서지는 바다.

그대 몸짓 움직이는 時時刻刻으로
空間이 빛나
생활에 꺾인 가지의 매듭에서
불타는 새벽
아아, 생생한 불길,

그대 고행의 눈 속 가득
흔들리는 광야
별빛의 이끌림에 빠지어
새벽 마을을 거닐면
생존의 괴로움이 별빛에 닦이어
天井에 차거이 빛나는 거울.

서랍

어릴 적
東海의 나무에
無窮의 뿌리를 내리던
새벽을
어느 날 우연히
鐘路에서 만났다.
金冠植 얼굴 같기도 하고
金洙暎 얼굴 같기도 한 것이
이슬에 젖어 落葉위에
추운 듯 웅크리고 앉았다.
그냥 지나칠까하다가
그걸 白紙에 가두어 詩를 만들고
서랍 속에 넣어두었다.
東海에서 鐘路로
다시
내 서랍 속에 들어간 새벽,
때로 失意에 빠지고
죽은 詩人의 생각이 나면

서랍을 열어본다.

그때마다, 아아

만나는 바다

싱싱히 몸 씻고 일어서는 햇발.

새

새벽 東海
나무 숲에
붉게 타오르는 빛을 보고 앉아
울지 못하는 새야.
싸늘히 불붙는
無窮을 보고 앉아
울지 못하는 새야.

새야
가지 끝에 걸린
새벽바다
눈썹을 쪼아 먹고
붉은 心臟을 쪼아 먹고
어둠 속에 노래 잃고
부르르 떨며
울지 못하는 새야.

無題

물 속의 물고기가
구름의 부분을 물어다가
풀잎 사이에 놓는다.

노을이 풀잎 사이로
조금씩 피어 들어가고 있다.

고향의 天井 1

밭둑1)에서 나는 바람과 놀고
할머니는 메밀밭에서
메밀을 꺾고 계셨습니다.

늦여름의 하늘빛이 메밀꽃 위에 빛나고
메밀꽃 사이사이로 할머니는 가끔
나와 바람의 장난을 살피시었습니다.

해마다 밭둑에서 자라고
아주 커서도 덜 자란 나는
늘 그러했습니다만

할머니는 저승으로 가버리시고
나도 벌써 몇 년인가
그 일은 까맣게 잊어버린 후

오늘 저녁 멍석을 펴고

1) 원문은 '밭뚝임. 정서법에 맞게 교정함. 아래도 같음.

마당에 누우니

온 하늘 가득
별로 피어 있는 어릴 적 메밀꽃

할머니는 나를 두고 메밀밭만 저승까지 가져가시어
날마다 저녁이면 메밀밭을 매시며
메밀꽃 사이사이로 나를 살피고 계셨습니다.

『하늘 문을 두드리며』(전예원, 1977)

1

문을 두드립니다. 한밤 조용히 문을 두드립니다. 두려움에 오슬오슬 떨고 있는 나의 문빗장이 벗겨집니다. 문이 열립니다. 문 밖 어두운 밤하늘이 눈빛을 번뜩이며 한 그림자가 다가섭니다. 외투 벗어 하늘에 걸어 두시고 나를 열고 내리십니다. 그분이 밟고 오신 물소리가 밤하늘에 아름답게 피어납니다. 허공은 향기로 가득합니다. 갑자기 가지에 선율이 빛나고 밤의 살빛이 비늘을 번뜩이며 나를 감쌉니다. 알수 없는 비밀이 내 몸에 스밉니다.

그분은 내리셨습니다. 형체도 없이 내리셨습니다. 무섭도록 헐벗은 나를 깨워주시고 비로소 이 영혼을 눈뜨게 하십니다.

14

　헤매고 헤매며 그분을 찾던 나는 그분이 하늘에만 계신 것이 아니라 동구 밖 돌우물, 이젠 못쓰게 된 우물 안 푸른 이끼에 몸을 감추고 계심을 알았습니다. 우물을 들여다보는 순간 나는 태고의 바람에 휩싸이고 그 안에는 天界의 고요와 침묵이 샘솟아 우주의 아침이 바로 그 안에서 피어나고 있었습니다. 靜止의 깊은 뿌리에 별이 부서지고 하늘의 音樂이 神韻을 번쩍이고 있었습니다.

　아무도 깨지 않은 이른 새벽, 나는 우물을 찾아가 그 우물 속에 나의 얼굴을 비추었습니다. 우물 안에 떠 있는 나의 얼굴, 순간 나는 그분 안에 있고 그분 또한 내 안에 계셨습니다.

　나는 우물물을 한 바가지 가득 퍼서 내 입 안으로 부어넣습니다. 육체의 뿌리까지 부서져 내리는 냉기. 내 육체 온 구석구석 피어나가는 天界의 音樂. 그분은 내 안에서 神韻의 빛으로 나를 再構成해주셨습니다.

38

하늘門을 두드립니다. 드디어 하늘門을 두드립니다. 地球의 두개골을 밟고, 두려움도 공포도 잊은 채 발가벗은 마음으로 하늘門을 두드립니다. 하늘門의 거룩함. 위대한 沈默이여. 沈默하는 저 문이 나를 또 두렵게 합니다. 최초로 정적 앞에 선 나의 영혼이, 손이, 전율과 번개와 靈感의 폭풍을 잡고 있습니다. 門이 이 손의 번뜩임을 응시하고 있습니다.

문고리를 잡아당기면 갑자기 나를 덮칠 듯 손이 떨립니다. 전신이 떨립니다. 침묵하는 저 門의 육성이, 門의 미소가, 아니 느닷없는 하품이……. 오오, 門이여, 길이여, 해탈이여. 이슬 같은 눈물의 길. 저 거룩한 입 앞에 나는 몸을 떨며 기다립니다. 기다립니다.

바람은 그분 옷깃이고 이슬은 그분의 영혼입니다. 눈 오신 다음 날 비치는 햇살은 그분 미소이며 저녁의 붉은 노을은 그분의 가슴입니다.

저녁 어스름은 그분의 피리 소리며 산 능선에 지는 실낱달은 떠나시는 그분의 마지막 뒷모습입니다.

내 눈에 비치는 어느 하나 그분 모습 아닌 것이 없으며 우주에 존재하는 움직임 하나 그분 모습 아닌 것이 없습니다.

허공을 보면 허공이 부처요 떠오르는 달을 보면 거기 바로 동자 같은 그분이 나를 굽어 미소하십니다.

90

우주의 아름다움은 어느 밤도둑처럼 몰래 와서 내 영혼을 훔쳐 하늘 창고에 가져갔습니다.

하늘의 창고 속에서 눈을 뜬 나의 영혼은 함께 잡혀온 물소리, 바람소리, 꽃잎의 한숨소리, 붉은 저녁놀의 맨살, 한밤의 개구리 울음소리…….

나의 결박도 풀고 이들을 묶은 결박도 차례로 풀어주고 비밀히 지니고 간 창고 열쇠로 밤하늘을 열어 이 지상의 소리들을 풀어 내리자, 온 밤 하늘을 신비롭게 뒤덮는 이 소리들의 天使, 天使들의 슴唱, 어둠 속에서 다시 깨어나 기뻐하는 허공이여, 허공이여.

『몸은 지상에 묶여도』(시인사, 1979)

물 속 빈 산 꽃 피는 소리

달 하나 등에 지고
산도 하나 지고
둥그런 어둠 속을

밤 열어 길 열어
가는 사내.

길바닥 드문드문 괸 빗물에 내려비친
하늘을 지켜보다
하늘 안으로 사라져 들어간

물 속 빈 산
꽃 피는 소리 만나러 가는 사내

산에 닿아
짐 벗어놓고
돌아오지 않는 사내.

산을 들어서며

눈 덮인 설악산 흰 뼈대와 얼음
헐벗은 나무 날카로운 하늘이
산으로 드는 길바닥 물에
고스란히 빠져 있다.

물 속 세상이
이승보다
더 높고 살벌하다.

한 사내
물속을 가도 젖지 않는 사내가
산을 들어서는
뒷모습이
물 안에 선명히 보인다.

몸은 지상에 묶여도

한밤 짐승이 되어 울까
눈물 가득 꽃이 되어 울까
광야에 웅크려 하늘을 본다
몸은 지상에 묶여도
마음은 하늘에 살아야지
이 가지 저 가지를 헤매며
바람으로 울어도
영혼은 저 하늘에 별로 피어야지
절망으로 울던 마음 그 가난도
찬연한 아픔으로 천상에 빛나야지
광야에 웅크려 다시 하늘을 본다
마음 잎새에 빛나는 별빛이어
눈물 가득 꽃이 되어 울까
한 마리 짐승이 되어 울까

마루를 닦으며

아침마다
마루를 닦는다.

마룻바닥에 투명히 물살 짓는
나무의 무늬.

너의 아픔 나의 아픔
아니 세계의 아픔이
어쩔 수 없이 여기 누워
신음만 내비치는 곳.

마루를 닦는다.
피 묻은 물살을 닦는다.

하늘 우러러
침묵하던 자

저 어둠 이 바람 속에
홀로 지키던 자

어느 모진 손에 잘리고 썰리어
내 마루에 못 박혀 누워
불꽃 신음만 내비치는 나무야

마루를 닦는다.
마루를 닦으며
나를 닦는다.

허나 닦으면 닦을수록
더욱 선명히 내비치는
네 신음의 무늬.

등잔 곁에서

등잔 가까이 서면 따스하오
가진 것 없어도 따스하오
밤에 등잔 곁에 서면 나는 열리오
무한이 보이고 겨울나무가 보이오
겨울나무는 머리에 바람을 열어놓고
바람은 별을 열어놓고 별은 音樂을 열어
영원히 빛나는 땅이 보이오
등잔 가까이 서면 따스하오
등장이 열어논 길을 따라가면
우리가 가야 할 땅이 보이오
죽음을 넘어서 우리가 가야 할 딸이 보이오
돌아오는 길은 보이지 않는 나라
등장과 마주하여 처음으로
나는 나를 보았고
불이 나를 잡고 있음을

2부

『나의 나무가 너의 나무에게』(오상사, 1985)

북

북은 하늘이 낳았습니다.
알보다 희고 달보다 둥근
어디로부턴가 신비롭게 걸어내려온 얼굴
그 가슴이 울리면 별이 뜹니다.
전신이 비어서 아름다움
북이 울리면 심장이 뜁니다.
생명의 중심이 흔들리는 소리
하늘의 눈썹달이 떨리는 소리
어두운 한밤에 타오르는 산불이
온 산을 호랑이 껍질처럼 물들을 때
둥둥 우는가.
하늘 땅이 우는가.
북이 울면 원시인이 됩니다.
모든 것 벗어던지고
고요함 속에 춤을 춥니다.
하늘의 아들이 되어.

별로 떠 있는 사람들

눈을 뜨고 바라보면
내가 사랑하는 이들은 이 밤에
모두 별로 떠 있다.
내가 사랑하는 그리운 시인들은
더욱 높이 별로 떠서
나를 비춘다.
역사를 말하고
조용조용 사랑을 읊조리고
혹은 기도 속에 영혼의 노래를 부르며
잎새나
나뭇가지나 하늘 복판에
꽃보다 더 맑은 눈동자로 떠 있다.
가난한 누님
외로운 동생
지금은 멀어져간 이웃이나 동무들도
가까이
슬프도록 아름다운 별로 떠서
이 밤을 빛낸다.

별을 보며

내 너무 별을 쳐다보아
별들은 더럽혀지지 않았을까.

내 너무 하늘을 쳐다보아
하늘은 더럽혀지지 않았을까.

별아, 어찌하랴.
이 세상 무엇을 쳐다보리.

흔들리며 흔들리며 걸어가던 거리
엉망으로 술에 취해 쓰러지던 골목에서

바라보며 너 눈물 같은 빛남
가슴 어지러움 황홀히 헹구어 비치는
이 찬란함마저 가질 수 없다면
나는 무엇으로 가난하랴.

논두렁에 서서

갈아 놓은 논고랑에 고인 물을 본다.
마음이 행복해진다.
나뭇가지가 꾸부정하게 비치고
햇살이 번지고
날아가는 새 그림자가 잠기고
너의 얼굴이 들어 있다.
늘 홀로이던 내가
그들과 함께 있다.
누가 높지도 낮지도 않다.
모두가 아름답다.
그 안에 나는 거꾸로 서 있다.
거꾸로 서 있는 모습이
본래의 내 모습인 것처럼
아프지 않다.
산도 곁에 거꾸로 누워 있다.
늘 떨며 우왕좌왕하던 내가
저 세상에 건너가 서 있기나 한 듯
무심하고 아주 선명하다.

허물어진 여자

나와 걸어가는 허물어진 여자
내가 닿은 부분마다 망가지고
내가 바라본 부분마다 망가지고
내가 들어가 꿈꾸던 부분마다 망가진 여자

허물어져 보이지 않는 여자
허물어진 부분에서 아름다운 달이 뜨는 여자
망가진 부분마다 별이 되는 여자

허물어진 해안에서 그윽한 물소리
풍금소리 들리는 여자
숲 속에서 뻐꾹새로 우는 여자

저녁 바다에서

저무는 바다에
허름한 옷의 사내

몸 구부려 오래도록
한 손을 바다에 집어넣고
무언가 찾고 있는 모습
나는 보았다.

깊은 어둠이 다가가 에워싸도
기다림으로 몸 구부린
그의 모습을 다칠 수는 없었다.

저려오는 그의 팔을 타고
올라오는 이상한 빛

알몸인 듯
저녁 하늘을 빛내던

그의 모습
그는 누구일까.

이 밤 또 어디로 돌아가
깜깜한 세상의 심장에
한 팔을 집어넣고

저려오는 아픔으로
불을 켜고 있을까.

『별이 비치는 지붕』(전예원, 1987)

아름다운 사람

바라보면 지상에서 나무처럼
아름다운 사람은 없다.

늘 하늘빛에 젖어서 허공에 팔을 들고
촛불인 듯 지상을 밝혀 준다.
땅 속 깊이 발을 묻고 하늘 구석을 쓸고 있다.

머리엔 바람을 이고 별을 이고
악기가 되어 온다.

내가 저 나무를 바라보듯
나무도 나를 바라보고 아름다워 할까
나이 먹을수록 가슴에
깊은 영혼의 강물이 빛나
머리 숙여질까
나무처럼 아름다운 사람으로 살고 싶다.
나무처럼 외로운 사람으로 살고 싶다.

혼자 있어도 놀이 찾아와 빛내 주고
새들이 품속을 드나들며 집을 짓고
영원의 길을 놓는다.
바람이 와서 별이 와서 함께 밤을 지샌다.

가을 편지

잎이 떨어지고 있습니다.
원고지처럼 하늘이 한 칸씩
비어가고 있습니다.
그 빈 곳에 맑은 영혼의 잉크 물로
편지를 써서
당신에게 보냅니다.
사랑함으로 오히려
아무런 말 못하고 돌려보낸 어제
다시 이르려 해도
그르칠까 차마 또 말 못한 오늘
가슴에 고인 말을
이 깊은 시간
한 칸씩 비어가는 하늘 백지에 적어
당신에게 전해 달라
나무에게 줍니다.

사랑하는 별 하나

나도 별 하나 같은 사람이
될 수 있을까.
외로워 쳐다보면
눈 마주쳐 마음 비쳐주는[2]
그런 사람이 될 수 있을까.

나도 꽃이 될 수 있을까.
세상 일이 괴로워 쓸쓸히 밖으로 나서는 날에
가슴에 화안히 반기어
눈물짓듯 웃어주는
하얀 들꽃이 될 수 있을까.

가슴에 사랑하는 별 하나를 갖고 싶다.
외로울 때 부르면 다가오는
별 하나를 갖고 싶다.
마음 어두운 밤 깊을수록

---

2) '비춰주는'에 비해 어색하나 교정하지 않음.

우러러 처다보면

반짝이는 그 맑은 눈빛으로 나를 씻어

길을 비추어 주는

그런 사람 하나 갖고 싶다.

눈물

나를 닫으면
비로소 보이는가.

내가 어둠이 되어
어둠 속의 풀잎이 되어
흔들리다가

돌이 되어
한 줌 흙이 되어
물방울이 되어

저 하늘에 별이 되어
노을이 되어
그대 가슴에 사랑이 되어

나를 닫으면
비로소 지상에서 눈물이
보이는가.

나의 집

설악산은 내 집의 지붕입니다.
밤이면 추녀 끝으로 별이 뜨고
기왓골 깊은 골짜기 물소리가 높습니다.

동해 푸른 바다는 나의 앞마당입니다.
새벽에 일어나서 뜨락을 쓸면
출렁이는 마당 푸른 잔디 위에 생선 한 마리

이슬 묻어 뒹구는 붉고 싱싱한 해 한 마리
젓가락으로 집어 올려 숯불에 구워서
매일 아침상에 놓습니다.

별이 비치는 지붕

장이 나빠 소화가 안 되는 날은
배를 문지르며 고향으로 갑니다.
창자처럼 꼬불꼬불한 산골 길
길 끝에 변소 하나
버섯처럼 기울어져 서 있고
그 안에 앉아 있는 어릴 적 나를 봅니다.
힘 들어 찡그리며 쳐다보는 내 눈에
썩은 서까래 터진 지붕 틈새로
언뜻 나를 쏘아보던 밤하늘 별빛
독 안에도 하얗게 내려깔리던 별빛.
겁에 질린 나는 얼른 뛰쳐나오고
밤이면 다시 그 근처를 얼씬 못하였습니다만
그 일로 내 마음 지붕도 그렇게 터져서
다른 곳도 다 고쳐도
그곳만은 꿰맬3) 수가 없었습니다.
그러나 나는 자라고
자라서도 또 망가진 변소 하나

---

3) 원문은 '꿰멜'임. 오식으로 보아 교정함.

몸속에 몰래 지어놓고 살았던가.
쭈그려 생각에 잠기거나
번뇌에 쫓기어 깊이 헤매는 밤이면
터진 몸의 지붕 틈새로
번뜩이며 나를 쏘아보는 별빛
고향 마을 뒷산 솔바람 소리
우주 저쪽의 몸짓까지 함께 묻어와
쏴쏴 나를 쓸며 다니는 소리.

벌레 버스

버스가 길을 달린다

그 속에 내가 실려 흔들거린다.

세상으로 이리저리 뻗은 길을 버스가 가듯

하늘로 뻗은 나뭇가지로 기어가는 벌레

이 벌레 속에

기생충처럼 실려서

잠을 자는 사람

먹고 있는 사람

창 밖을 보며 생각에 잠긴 사람

옆과 떠드는 사람

책을 읽는 사람

사랑을 속삭이는 사람

술을 마시는 사람

벌레가 기어간다.

버스가 달린다.

별들이 명멸하는 우주의 모롱이를

지금 그렇게

나를 실은 지구 버스가 달리고 있다.

『별까지 가면 된다』(고려원, 1988)

나의 집 2

동은 햇살로
문을 발랐다.

서는 산그림자로
병풍을 쳤다.

그 안에
난초 한 잎

없는 바람에도
떤다.

求道

세상에 대하여
할 말이 줄어들면서
그는 차츰 자신을 줄여갔다.

꽃이 떨어진 후의 꽃나무처럼
침묵으로 몸을 줄였다.

하나의 빈 그릇으로
세상을 흘러갔다.
빈 등잔에는
하늘의 기름만 고였다.

하늘에 달이 가듯
세상에 선연히 떠서
그는 홀로 걸어갔다.

논을 갈다가

논을 갈다가
논물에 비치는
송학산을 갈았다.

학은 산으로 날아가고
산은 다시
보습날에 갈리었다.

나 혼자 남아
돌아온다.

20세기 끝의 저녁놀을 받으며
경운기를 타고
눈물도 없이
뒤우뚱거리며 돌아온다.

절망

곧고 바르게 살기란
어려워라.
맑고 아름답게 살기란
더욱 어려워라.
이 밤 혈압이 오른다.
가슴이 무겁고
온몸에 하늘의 번개가 닿아
손끝에 별이 반짝인다.
이미 바람 속에 내던진 몸
되돌려 받을 수 없는 나
아아
비어 있는 주위가 더욱 아득하다.
외로운 길을
연필 하나로 지팡이로
밤을 지새 걸어가는 나의 눈에
눈물이 괸다.

내 몸이 비어지면

내 몸이 다 비어지면
그대 곁에 가리라.
겸허한 손 깨끗한 발로
그대에게 가서
쉬리라.
잠들리라.
그대 영혼의 맑은 사랑을
내 빈 그릇에 담고
내 꿈을 그대 가슴에 담아서
잠 속에 눈부신 나비가 되리라.
금빛 침묵의 땅에
꽃처럼 떨며 열려서
사랑을 고백하리라.
티없는 눈빛으로
그대와 함께 걸어 강에 가서
엎드려 물을 마시리라.
노래 부르리라.
다 비우고 빈 몸으로 깨어나
새 악기가 되어서.

외로운 사랑

나는 다른 시인이 될 수 없음을 안다.
풀잎과 마주 앉아서 서로의 마음 비추고
남들은 들을 수 없는 그런 이야기로
함께 꿈꾸며
별을 바라 밤을 지새는
시인이면 족하여라.
그것만으로 세상을 사랑한다.
그와 내가 둘이서
눈동자와 귀를 서로의 가슴에 묻고
사랑의 뿌리까지 영롱히 빛내며
저 하늘 우주의 울림을
들으면 된다.
세상의 신비를 들으면 된다.
그의 떨림으로 나의 존재가 떨리는
그의 눈빛 속에 내가 꽃 피어나는

그것밖에는 더 소용이 없다.
그렇게 별까지 가면 된다.

3부

『새벽 꽃향기』(문학사상사, 1989)

발자국

아이 발자국에 달이 떴다

물속으로 천년을 죽지 않고 지나가는
눈부신
바람 한 줄

달이 뜬 물마다
울금향 꽃이 줄줄이 피어난다.

별 아래 자는 시인

허공으로 꽃이 붉게
몸을 벌리고 피어 있다.

이슬 묻은 사지 멀리고 드러누운 강

별 아래서
거지 시인이 잔다.

노을 무덤

아내여 내가 죽거든
흙으로 덮지는 말아 달아.
언덕 위 풀 위에 뉘여
붉게 타는 저녁놀이나 내려
이불처럼 나를 덮어 다오.
그리고 가끔 지나가는 사람 있으면
보게 하라.
여기 쓸모없는 일에 매달린
시대와는 상관없는 사람
흙으로 묻을 가치가 없어
피 묻은 놀이나 한 장 내려
덮어 두었노라고.
살아서 좋아하던 풀잎과 함께 누워
죽어서도 별이나 바라보라고.

빈 산이 젖고 있다

등잔 앞에서
하늘의 목소리를 듣는다.

누가 하늘까지
아픈 지상의 일로 시를 옮겨
새벽 눈동자를 젖게 하는가

너무나 무거운 허공
산과 산이 눈 뜨는 밤
핏물처럼 젖물처럼
내 육신을 적시며 뿌려지는
별의 무리

죽음의 눈동자보다 골짜기 깊다.

한 강물이 내려 눕고
흔들리는 등잔 뒤에
빈 산이 젖고 있다.

물방울 우주

물방울 속에 들어 있는
산 하나

물방울 속에 들어 있는
사람 하나

풀잎 위 이슬이 흔들린다.

산이 흔들린다.
얼굴이 일그러지고
우주가 떨어져 부서진다.

나무

나무는 몰랐다.
자신이 나무인 줄을
더욱 자기가
하늘의 우주의
아름다운 악기라는 것을
그러나 늦은 가을날
잎이 다 떨어지고
알몸으로 남은 어느 날
그는 보았다.
고인 빗물에 비치는
제 모습을.
떨고 있는 사람 하나
가지가 모두 현이 되어
온 종일 그렇게 조용히
하늘 아래
울고 있는 자신을.

『향기 나는 밤』(전원, 1991)

아들에게

가끔은 혼자서 들길을 걸어라
들길을 걸어서 하늘을 보아라
늦게 지는 해를 바라보고
더 늦게 떠오르는 별을 바라보아라

때로는 매운 바람에 여위어
마른 등을 허공에 대고
네 유리창을 찾아와 밤내 흔들리는
겨울 꽃대궁의 목소리도 들어라

너도 가끔은 가난할 대로 가난해져서
아무도 돌보지 않는 산 위 구름을 보아라
소나무는 이지러져 광풍의 소리를 낸다
혼자 지는 달도 자살하듯 산을 넘어간다

밤을 걸어서 눈물 나는
무서운 언덕길을 넘어
다시 들을 지나 네게로 돌아오는 길
그 길에서 너의 길을 보아라

밥

대학을 졸업하고 바로
수원 농촌진흥청 작물시험장에 들어가
처음 포장에 나갔을 때
시험장장은 곁에 다가와
웃으며 속삭였네

귀 맑은 학자는
보리밭 속에 서도
보리 자라는 소리를 듣는다!

신묘한 말씀에 놀란 나는 귀 밖 멀리
흰 구름 흐르는 소리 들으며
문득 보리밭 위에
구름과 내가 한데 묶이는 걸 보았거니

그 소리에 묶이어 지금까지
허공에 끌리어 살았느니

오늘 밤은 그런 지천명의 내가

집으로 돌아오며

주인의 발자국 소리만 듣고 자라는

마당의 나무에게

적막한 발소리의 밥을 주고 있네

나도 산도 없다

산과 내가 마주섰다
내가 산을 바라본다
산이 나를 바라본다

산 안에 내가 있다
내 안에 산이 있다

다시 산과 마주섰다
내 안에 산이 없다
산 앞에 나도 없다

다시 산과 마주섰다
이제 여기
나도 없고 산도 없다

우산

우산을 펴고
빗속을 걸으면
그곳은 혼자의 우주

추녀 끝으로 물방울들이
보석처럼 내리고

활짝 피어난 꽃잎 속에
벌레처럼 들어가
꾸는 꿈은 따뜻하다

어깨에는 별빛이 젖고
고요로이 허공으로
떠오르는 몸은

씨 속에서
지금 막 다시 태어난다

우산 속은 혼자

섬보다 외롭지만

내리는 별빛 속에 따뜻하다

흑싸리

싸리
빈 산 흑싸리

아름으로 꺾어다가
비를 매어
마당을 쓴다

얼어붙은 골목
기러기 가는 저녁 하늘

산을 쓸고
별이 깔린 강을 쓸고

적막한 세상
내 방을 쓴다

『절정의 노래』(창작과비평사, 1991)

달을 먹은 소

저무는 들판에
소가
풀을 베어 먹는다.

풀잎 끝
초승달을 베어 먹는다.

물가에서 소는
놀란다.
그가 먹은 달이
물 속 그의 뿔에 걸려 있다.

어둠 속에
뿔로 달을 받치고
하늘을 헤엄치고 있는 제 모습 보고
더 놀란다.

꽃잎 속에 누워 자다

산속에서 길을 잃고
밤중 넘어
헤매다가 허기지고 지쳐
겨우 물가에 닿아
종이집같은
텐트 치고 눕다.

나무 회초리에 얻어맞아
다 긁힌 얼굴
돌에 부딪쳐 멍든 다리
이끌고 올라가
하늘 지붕 아래
산베개 베었다.

별이불 덮고
잠들지 못하다가
새벽에 일어나니
내가 산과 산의 겹겹

꽃 속에 누워

자고 있었구나.

작은 풀씨

작은 풀씨 안에도
새가 난다.
비 오고 번개 친다.

그 안에 사랑이
무지개 띄우고 이별이
아픔과 고독으로 눈물짓는다.

싸움이 있고 환몽이 놀고
명상과 해탈 위에
성좌가 흐른다.

개구리 뛰고 무시로
이슬이 피었다 지고
풀잎에 달이 매달린다.

발에 밟히는 길가의
이 잡초 씨 안에도
큰 우주가 들어 있다.

누구일까

저 아슬한 가지 끝에
꽃이 피어 일어난다.
누가 보이지 않게
꽃나무 안에 와 머문 것이냐.

산을 집인 듯 등에 지고
밖에서 자고 있는
우리 집 강아지.

고개 갸우뚱이며 나를 쳐다보는
그 눈동자 속에도
올려다보는 또 다른 이가 숨어 있다.

그가 누구일까.
꽃나무 속에 계시는 이와
강아지 안에서 내다보는 이는
서로 다른 사람일까.

우리 뒤에는, 그렇다.
언제나 우리 뒤에 있다.

오늘 아침 마당
잡초 안에 돌아와
두 팔 휘어지게 이슬을 달고
우주를 들어올리고 있는

저 사람, 아아
미묘한 눈짓으로
나에게 대화를 건넨다.
내 발을 시간의 강물 너머
어느 산으로 데리고 가며.

깨끗한 영혼

영혼이 깨끗한 사람은
눈동자가 따뜻하다.
늦은 별이 혼자 풀밭에 자듯
그의 발은 외롭지만
가슴은 보석으로
세상을 찬란히 껴안는다.
저녁엔 아득히 말씀에 젖고
새벽엔 동터오는 언덕에
다시 서성이는 나무.
때로 무너지는 허공 앞에서
번뇌는 절망보다 깊지만
목소리는 숲 속에
천둥처럼 맑다.
찾으면 담 밑에 작은 꽃으로
곁에서 겸허하게 웃어주는
눈동자가 따뜻한 사람은
가장 단순한 사랑으로 깨어 있다.

절정의 노래 1

내가 최후에 닿을 곳은
외로운 설산이어야 하리.
얼음과 백색의 눈보라
험한 구름 끝을 떠돌아야 하리.
가장 외로운 곳
말을 버린 곳
그곳에서 모두를 하늘에 되돌려주고
한 송이 꽃으로
가볍게 몸을 벌리고
우주를 호흡하리.
산이 받으려 하지 않아도
목숨을 요구하지 않아도
기꺼이 거기 몸을 묻으리.
영혼은 바람으로 떠돌며
孤絶을 노래하리.
그곳에는 죽은 나무가
살아 있는 나무보다 더 당당히
태양을 향하여

無의 뼈대를 창날같이 빛낸다.
침묵의 바위가 무거운 입으로
신비를 말한다.
가장 추운 곳, 외로운 곳
말을 버린 곳에서
무일푼 거지로
최후를 마치리.

4부

『벌레 시인』(고려원, 1994)

오세암

내설악에서 밤에
우주 전체가
계곡 물 속으로 쏟아져 들어가는 것을
보았다.

길을 따라 들어간다.

아무리 찾아도
절이 없다.

파도

한 마리 자벌레
산이었다가 들판이었다가
구부렸다 폈다
대지의 끝에서 끝으로

이 우주 안 작은 파도.

벌레 시인

해골 파먹어 들어가는 벌레처럼
산에 달이 지고 있다.
하늘은 어둡고 땅은 깜깜해
산은 허깨비 같은 큰 키로 일어나
그림자로 나를 덮는다.
나는 그것을 덮고 잔다.
이불에서 이상한 소리가 난다.
나는 다시 혼자 깨어
불을 켜고 일기를 쓰다가
시를 쓰다가 멍하니 앉았다가
낙엽 지는 소리에 놀라 밖으로 나가 본다.
내 몸에서도 이상한 소리가 난다.
달은 나를 뚫고 내려가 이미 폐를 파먹고
산이 벌레를 숨겨 기른다.
그 신음이 대지에 풀잎을 흔들고
들을 깨우고 개울을 건너
내게로 옮겨 온다.
내 속에서 바람이 자랐다.

그때부터 내 속에서 슬픈
벌레 시인이 자랐다.

물을 들여다보며

물을 들여다보며
산이 꽃이 되기를 기다린다.

산을 들여다보며
사람이 악기가 되기를 기다린다.

산길에 가랑잎 웅크려 세상에 등을 돌리고 그 밑에 허리 구부린 벌레들이 명상에 잠겼다. 나무가 병든 몸을 다른 몸에 기대고 먼 산 낙도를 바라본다. 이제 고백의 억새도 바람 속에 얼굴을 들고 울며 썩은 세상으로 내려가지 않으리라 고개를 젓는다.

산기슭. 시간의 꼭지들이 산과일을 떨구며 구름의 음악 소리를 내던 곳. 그 소리 들으며 소에게 밥을 권하던 늙은 이도 이사를 갔다. 여위어 가는 밤나무 아래 가난한 점쟁이 집도 허물어졌다. 늘어난 폐가. 폐가 지붕 위에 밤에는 늦달이 앉아 자살하는 모습도 보기 싫다.

산은 밤에 울고 있다.

썩은 물에 세수를 하고 난 아침이면

얼굴이 더 많이 헐어 있다.

바람이 쓸어 놓은 길

산길이 나를 부른다.
나뭇가지 그림자가 그물처럼 얽고
바위와 풀잎들에서는
오래 된 이끼 냄새가 난다.
샘물이 마른 목을 적셔 주는
산길은 좁고 따뜻하다.
반투명의 빛 물결이 고요히
그분에게로 이어져 있다.
이름 모를 작은 풀꽃 눈동자들이
단추처럼 떨어져 올려다본다.
언제나 바람이 맑게 쓸어 놓은 곳
짐승의 발이 다시 쓸어 놓았다.
구름이 몰래 고래 끄덕여
내밀한 이에게로 가는 숨은 길
돌아오는 길은 나무 뒤에
붉은빛 노을이 눈물로 걸려 있다.
저녁새의 날갯짓 소리가 떨어지고
달빛 고여 출렁이는 산길은
혼자이지만 그리운 사람과 함께 있다.

『산시』(시와 시학사, 1999)

귀를 씻다
— 山詩 2

산이 지나가다가 잠깐
물가에 앉아 귀를 씻는다

그 아래 엎드려 물을 마시니
입에서 山향기가 난다

눈물

― 山詩 7

西窓에 드리운 산도
이제
빛과 어둠의 세계다

한 방울 잿빛 눈물

산과 오래 앉은 그 사람
이미
자리에 없다

산을 바라보다 산이 사라지고
산을 바라보다 몸도 집도 사라지고

산도 자기도 없는
거기
그가 앉아 있다

황홀
— 山詩 25

오늘 아침 산이
물방울

음악이다

세상이 꽃으로 피어난다

이제
더 갈 데가 없다

숨은 산
 ― 山詩 33

땅바닥에 떨어진
잎사귀를 주워들다가

그 밑에 작게
고인 물 속
산이 숨어 있는 모습
보았다

낙엽 속에
숨은 산

잎사귀 하나가
우주 전체를
가렸구나

위험한 사람
— 山詩 48

멀리 바라보고 있는 사람은
위험하다

산을 멀리 있고
마음의 산은 더 멀리 있는데

그곳에 네가 있고
네가 있는 곳에
그리고 그 너머에
다시 내가 있는데

먼 산을 바라보는 것은
사랑하는 것보다 위험하다

먼 곳을 바라보고 있는 사람은
자신을 버린 사람보다 더 위험하다

삽 한 자루
― 山詩 51

삽 한 자루 벽에 기대 섰다

흙을 어루만지며 씨를 묻고
밭을 뒤집어 노을 갈아 밤을 심어
새벽 열고

지금은 묵묵히
몸을 씻은 후 집에 돌아와
벽 앞에 서 있다

적막한 평화로움

나의 손에 부러질 때와는 달리
너무나 멀리 떨어진 곳에서
무심히 자기로 돌아가 있다

그러나 저 깊은 손이 어느 날
대지 위에 나를 묻어
하늘로 돌려보내리다

『내 몸에 우주가 손을 얹었다』(세계사, 2000)

꽃잎을 쓸며

죽음에 이른 한 스님이
제자들을 불렀다

〈나 세상에 왔다
돌아갔다는 소식
아무에게도 전하지 말라〉

그는 눈을 감았다
꽃잎 지듯 떨어져 흩어졌다

떨어진 꽃잎 주우며
먼 산을 바라본다

먼 산을 보며
꽃잎 떨어진 자리를 쓴다

흔들림에 닿아

가지에 잎 떨어지고 나서
빈 산[4]이 보인다
새가 날아가고 혼자 남은 가지가
오랜 여운에 흔들릴 때
이 흔들림에 닿은 내 몸에서도
잎이 떨어진다
무한 쪽으로 내가 열리고
빈곳이 더 크게 나를 껴안는다
흔들림과 흔들리지 않음 사이
고요한 산과 나 사이가
갑자기 깊이 빛난다
내가 우주 안에 있다.

---

4) 표준국어사전이 '빈산'을 단어로 인정하고 있기는 하나, '사람이 없는 산'
   으로 의미를 한정하고 있어 띄어 씀. 이성선의 시에서 '빈 산'은 각별한
   빈도와 의의를 지닌 시어라고 할 수 있음.

미시령 노을

나뭇잎 하나가
아무 기척도 없이 어깨에
툭 내려 앉는다

내 몸에 우주가 손을 얹었다

너무 가볍다

설악산 큰 눈

그날 밤
눈 속의 산에 사람이 죽었다
열 길도 넘는 하얀 눈의 계곡에
사람이 묻혔다

눈은 낮에도 내리고
밤에 다시 내리고

산을 덮은 눈은 하늘을 덮고
헤매는 짐승보다 더 성급히
산 위에서 길을 찾는
사람들의 발에 눈이 자꾸 내렸다

그날 밤 나는 시를 썼다
길을 잃지 않으려고
나는 불도 끄지 않았다
눈은 내려 마을을 덮고 나를 덮는데
잠들지 않으려고 시를 썼다

별을 바라보는 우물

　사막 작은 나무 곁의 별 아래서 몸을 오그리고 잠을 잤다. 옆에는 모래밭을 헤매며 풀을 뜯는 염소들을 위한 우물이 있었다. 낮에는 몰랐으나 밤에 우물은 눈을 뜨고 하늘을 쳐다보며 잠을 자지 않고 깨어 있었다. 내가 누워 눈을 감은 동안에도 우물은 혼자 눈을 뜨고 있었다. 사막이 다 잠든 뒤에도 우물은 깨어 별을 바라보았다. 잠들지 않은 내 귀가 우물 속으로 별이 퐁당퐁당 빠지는 소리를 들었다. 우물 속에 내려와 떠드는 별들의 소리도 들었다. 하늘의 염소가 물을 마시러 내려와 별 사이에서 풀을 뜯고 있었다.

　다음날은 그곳을 떠났지만 나는 그 후로 내 마음의 사막한 곳에 밤이면 깨어 눈을 뜨고 별을 쳐다보는 우물 하나를 갖게 되었다.

무릎 위의 시

네팔의 한 무명 시인
그는 가난하여 설산만 쳐다보았습니다
책도 경전도 가질 수 없어
눈[目]속에 설산을 경전으로 펼치고 살았습니다
그 빛으로 그는 결국 눈이 멀었습니다
멀리 걸을 수 없어 앉아만 있는 그를
작은 풀꽃들이 동무하여 말을 건네주고
흩어진 머리칼을 바람이 쓸어주고
세월이 와서 얼굴에 주름을 새겼습니다
그는 어느 곳도 가보지 못해
땅의 일에는 귀가 먹었습니다.
그러나 그의 눈에서 몸 안으로 뿌리내린
설한의 말씀 하나가
광막하고 고요한 그의 내부를 가득 울렸습니다
울리는 소리마다 시로 뿌려져 그를 채웠습니다
그것을 시인은 무릎 위에 썼습니다
세상에서 가장 가난한 이 무릎 위의 시를
달빛이 와서 읽어주었습니다

영실천으로 떠난 영북嶺北의 성대리 시인 이성선李聖善

— 이성선의 시세계

고형렬(시인)

이성선은 1941년 1월 2일 현재 행정구역인 고성군 토성면 성대리 256번지에서 부농의 장남으로 태어났다. 그가 태어났을 때의 성대리는 양양군 토성면이었으며 정전된 지 십 년 뒤인 1963년 1월 1일에 고성군 행정동으로 개편되었다. 그의 생애는 식민지와 인공의 유년기를 경험하고 중학생 시절부터 남한에서 보내게 된 다소 복잡한 프로파일을 가졌다.

네 살 때 해방이 되면서 일차 분단 과정을 겪은 시인의 고향 성대리는 북쪽에 귀속된다. 정전되던 1953년, 그의 나이 열둘일 때 이성선은 홀어머니(김월용)를 모시고 남한의 성대리에서 살게 된다. 그가 시인이 된 것은 그 비극 속에서 선택한 하나의 출구이자 순리였다.

41년부터 50년까지의 9년 사이(식민지, 해방공간, 한국전쟁 등)에 매우 감성적인 것들이 삭여지지 않은 채 뒤섞여 그의 유년 내부에 퇴적되었다. 그가 시를 쓰게 된 근저에는 무엇이 결정적으로 작용했는지 정확히 알 수 없지만 그 갈등을 밖으로 드러낸 적이 없었다.

항상 모든 시인의 작품 세계에는 조심스럽게 탐구해야 하는 영역이 있기 마련인 만큼 이성선의 시 속에도 우리 시가 잃어버린 하나의 난맥상이자 낯선 공간이 존재한다.

1. 달이 불러낸 두 사람

그의 영혼 속에 아버지의 탄성이 남아 있다. 둘의 침묵은 귀뚜라미와 여치 울음이 서로 부딪치는 밤길에서 깨어졌다. 달빛은 구슬 속에 구르고 소년은 다리가 아팠다. 아들 겨드랑이에 두 손을 넣고 번쩍 들어 올리면서 업힌 소년의 왼쪽 뺨이 아버지의 등에 닿았다.

환한 달은 소년의 얼굴 앞에 떠 있었다. 돌아갈 수 없는 아버지의 시대이자 한 소년의 풀의 시절이 같이 가던 아주 짧은 순간이었다. 그 길은 속초에서 울산바위로 향하다가 노학동, 원암리 뒷길을 거쳐 북쪽 성대리로 가는 산길이었다.

그 달밤에 그는 소년 시인이 되었다. 아무리 살아내도 궁핍해지고 아무리 맑아도 어두워지는 언어의 행걸行乞을 시작했다. 그때부터 이성선은 설명하기 어려운 사물과 마음, 감정, 꿈의 수렁에서 자신의 언어가 없는 궁핍한 시절을 겪기 시작했다.

두 사람은 부자 사이지만 얼마 뒤 전쟁이 나고 아버지가 북쪽(원산? 평양?)으로 올라가면서 둘은 헤어진다. 성대리가 나중에 북쪽에 속했다면 (그럴 일은 없지만) 이런 회고의 자리가 있을 리가 없다.

내적으로 그가 남쪽에서 한 시인이 되기 시작한 것은 그 밤길에서였다. 아버지와 밤 동해의 달이 그를 시인의 길로 데리고 나왔다. 달은 그러나 해방공간의 달도 아니고 제2 분단 시대의 달도 아니라는 점에서 그의 시의 혈맥 속에서 중요한 은유로 뛰고 있다.

짐승이 우는 북설악으로 가는 이름 없는 한 소년의 작은 가슴과 아버지의 등이 함께했던 어둠과 따뜻함은 가족과 형제 누구도 말해준 적이 없었다. 그의 생에서 가장 커다란 사건을 필자는 아버지의 등의 업힘과 달맞이와 이별의 삼중주로 보았다.

한국전쟁이 발발한 양양 남쪽의 하조대(기사문리)는 성대리에서 34킬로미터 떨어진 먼 곳이다. 그는 인민소학교 3학년쯤에 전쟁을 맞았으며 남쪽에서 발발한 전쟁 소식은 토성면 그 집의 밥상머리에도 올려졌을 것이다.

그해 가을 인민군이 북으로 퇴각할 때 이성선 집안은 전쟁 피해를 입었을 것이고 다시 한겨울의 중공군 참전으로 직간접의 피해를 또 입었을 터이다. 북풍한설이 몰아치는 1950년 12월 24일의 흥남 철수와 이듬해 정초正初의 일사후퇴 때 이성선 집안은 다시 북에 남게 된다.

당시 점령군이 바뀌면서 부역 등으로 이념의 피투성이가 되지 않은 마을과 가족은 없었다. 정전은 시인의 나이 열두 살일 때 영구 분단처럼 그어졌고 성대리는 남쪽에선 수복지역에 포함되고 북쪽에선 실지가 되었다.

이 결정적 계기와 연쇄적인 고리가 그의 삶 전체를 뒤흔들고 이끌었다. 한국 현대문학의 한 본류는 그곳으로부터 자유롭지 못했고 그 실황 속에서 몸부림칠 수밖에 없었다. 그때 그는 생생한 신화적 기억을 남기게 되는 초등학교 6학년생이거나 중학교 일학년 때였다.

이성선은 어느 쪽에도 서고 싶지 않은, 그래서 자기 시의 나라를 혼자 건설하고자 했다. 어쩌면 누구에겐 시를 쓴다는 것은 새로운 나라(말)를 형성하기 위한 방편이었다. 그의 시 역시 한국문학의 크레바스에 해당하는 '근대국가

형성의 과정'(식민지와 분단 극복의 근저 위에서)이라는 암초 앞에 서게 된다.

찢어진 가족의 상처를 봉합하기 위한 순수한 서정적 몸부림의 언어를 구사했다 하더라도 그것은 그 역사의 수레바퀴 안쪽에 있을 수밖에 없다. 적극적으로 그를 방어하자면 그가 의지한 곳은 역사적 현실보다는 문학의 절대가치에 의탁하는 시의 언어였다.

이것은 비판되어야 할 것이 아니라 복원해야 하는 모든 삶이 퇴적된 아름다운 단층이다. 그 내면이 아름답다고 함은 그의 언어의 조율이 자학적이고 폭력적이지 않다는 뜻이다. 그는 언어의 그늘 속에 한 인간의 영혼이 쉴 수 있는 숲의 그늘과 반성의 거울을 찾아갔다.

성취와 기능 면에서 그 시가 무엇을 말하고 메시지로 삼느냐는 이분적 시비보다는 현실과 꿈의 경계에 어떤 무늬의 의상을 걸쳤는가를 확인하는 것이 더 중요하다. 그것을 관통한다면 그 수사 안에 무엇이 가려졌으며 또 화자는 어떤 위치에 있는가 하는 의문은 좀 더 자유롭게 이해되고 공감될 수 있을 것이다.

이성선의 언어는 고통스러운 시대가 자기파괴와 풍자, 저항을 요구할 때 여전히 한국 시의 단정한 서정을 견지했다. 그에게 시는 수단이 아닌 존재이고자 했다. 해학과 풍자를 사양한 시인으로서 사회적 제약을 껴안고 삶과 언어의 승화를 지상 목표로 삼았다.

이런 면이 도드라질 때 그의 키와 스위치는 아버지를 불러낸다. 그가 몰래 숨긴 아버지를 나 역시 불러내고 싶지가 않다. 그 대신 성대리를 불러내게 된다. 성대리는 북이 되면 북이 되고 남이 되면 남이 되는 길밖에 없는 한 아름다운 영북의 촌락이다.

1941년 정월은 이성선이 태어난 해이고 십 년 뒤인 1951년 정초는 아버지가 월북한 해이다. 1971년은 시단에 데뷔한 해이고 2001년은 타계한 해이다. 우연의 일치치고는 춥다는 생각이 앞선다.

명확하지 않고 불분명한 그러나 예상 가능한 그 무엇이 그의 시를 규정짓지 못하게 만든다. 그이 시는 오히려 자연 생산이 아닌, 억압 기제에 의한 강박에 반발한 고도의 은유가 교직한 고통의 핏자국을 낳았다. 그 고통의 수용은 선택의지가 아닌 주어지거나 던져진 것들이었다. 달리 말하면 꽃이 피면서 자기를 삼킨 것과 같다.

색다른 내재성의 형상화 작업이 이성선의 시를 칠십년대의 다른 시인들과 대별시키는 요인이기도 하다. 다소 복잡한 이 수복지구와 실지의 개념이 함께 있는 영북과 그의 가족사적 슬픔은 그만의 독특한 서정시인으로 만드는 데 긴밀하게 작용했다.

이념의 핏자국이 스치지 않은 지역이 없었음에도 그가

독자적인 이곳에서 세계를 완성한 것은 마치 하나의 새로운 슬픔의 언어를 수령受領한 것과 같은 은총에 해당한다. 그가 명증하고 고독한 것은 그 당시 영북에 시의 전범이나 스승이 될 만한 시인이 없었기 때문이기도 했다.

여기서 중요한 것은 그의 언어와 꿈, 시대 속에서 보이지 않았던 작은 결절들이 스스로 아픔을 해체하지 않음으로써 자가화했다는 것을 확인하게 된다. 즉 형식을 중시하는 그의 시는 자존을 걸고 역사 현실과 충돌하거나 합일을 거부하며 평행선을 그었다.

그 선이 미완이기 때문에 이성선의 시는 더 완미하고 간결하고 오래 울린다

> 해마다 밭둑에서 자라고 / 아주 커서도 덜 자란 나는 / 늘 그러
> 했습니다만
>
> — 「고향의 천정 1」 부분

이 시가 새로워지고 아름다워지고 다른 의미를 표출하는 것은 메밀밭 속에 계신 할머니의 잔영 때문이다. 그러면서 고성의 아름다운 해안 구릉이 주는 미학적 인상을 비교적 강하게 남긴다. 그러나 어찌 되었건 이보다 더 아름다울 수가 없는 언어와 시 세계이다.

그런 면에서 이성선은 불행의 저쪽에 행복이란 손거울

을 달고 있는 시인이다. 시인에게는 불행과 피해, 슬픔을 담보해야 하는 조건은 늘 무시할 수 없는 일이다. 부와 권력을 누린 시인을 아무도 사랑하지 않는 것은 이상한 일이 아니다.

이런 것들 때문에 한 시인 연구에 대한 좀 더 복잡한 이해와 해석을 필요로 하는 비평이 요구된다. 역사적 아픔의 길바닥을 내재화하면서 그 슬픔을 떠받쳐 하늘에 올린 서정의 힘은 잔혹한 시대의 폭력과 함께 우리 앞에 온전하게 되돌려주고 받아야 마땅한 문학의 정당한 권리이자 몫이다.

단지 나는 한 소년과 문청文靑을 생각한다. 그것은 반드시 고성군 토성면 성대리에서 시작하고 귀착한다. 이성선과 성대리는 하나의 인명이고 지명이다. 필자에겐 한국과 서울의 시인보다 다 아름다운 명칭은 오직 하나인 '성대리 시인'이란 말이다.

시인은 누구나 시의 오솔길로 들어서면서부터 생의 마지막 순간까지 특이한 언어의 저항과 가능성에 흔들린다. 이성선 시는 비밀이 봉합된 선線들은 선善하다. 그것을 부를 이름은 항상 부적합하지만 천진천(天津川, 신선봉 골짜기에서 관동팔경의 하나인 청간정 앞바다로 나가는 하천) 물속에 반짝인다.

가슴 속에 박혀서 눈물처럼 빛을 쏘는 언제는 (그는 가끔

주점에서 나를 앞에 두고 혼자 잘 울었다) 적실한 순간엔 별이 되었던 우리 곁에 있는 가장 실감 나는 한 시인으로서 그 소년은 아버지가 되어서도 소년이었다.

그는 아버지가 없이 1950년대와 1960년대를 보냈다. 모자를 똑바로 쓴 그의 등하굣길이 보인다. 고방 문을 두드리는 눈보라, 시상의 깃발을 펄럭였을 꽃샘바람, 나무와 흙이 푸른 비단을 입는 봄의 신비함, 숨 막히는 녹음과 더위 들이 상처를 치유하면서 시인을 끝까지 이끌어갔다.

그러나 그는 아버지를 시로 쓰지 않았다. 나는 그것을 이성선의 의지라고 본다. 정말 써야 했던 것은 평생 쓰지 않았다. 그 길엔 써지지 않는, 아니 쓰지 못한 이성선의 내면을 아우르는 어떤 필연도 있었을 터이나 이 시는 태어나 그곳에 존재한다.

시인이라고 해서 모든 것을 다 쓸 수 있는 것은 아니다. 그에게도 와야 쓸 수 있는 것이 시였다. 그래서 모든 시인은 늘 가난하다. 잉태는 원해서 들어서는 것만이 아니다. 그러나 분명한 것은 이 영북에 그가 존재한다는 사실은 아스라한 축복이다. 영북은 그로 인하여 또 다른 낯선 시적 영지靈地가 되었다.

2. 시전詩田 이성선의 성대리 하늘의 메밀꽃밭

1970년대 후반에 천진天津에 있는 토성면사무소에 재직할 때 가끔 신선봉 아래에 있는 성대리로 출장을 갔다. 한 독재자의 말기였지만 그때의 가을 햇살은 지금의 것과는 달라서 손바닥으로 공기를 비비면 피리 소리가 났고 미세한 사금이 떨어졌다. 사납지도 메마르지도 않은 가을 길에 나서면 마치 정지용 시인을 찾아가는 길 같았다.

세월은 사람을 추하게 만들고 시간은 기억을 폐쇄회로 안에 전자 암호로 가둔다. 그들은 우리의 삶을 희석稀釋시키고 아무도 그리워하지 않는다. 어쩔 수 없이 사람도 풍경도 역사도 선별적인 이름이나 형용사로 남는다.

그를 해석할 수 있는 적합한 비평의 버전이 없지만 그가 지녔던 혼돈과 정갈함, 치열함, 언어의 파토스를 생각하면 오히려 마음이 편안해지고 행복해진다. 그것은 그가 나에게 규정되지 않은 한 줄기의 강한 소나기처럼 살아 있다는 뜻이다.

어린 날에 성대리를 알았지만 사진리(沙津里, 모래기) 서북쪽에 그가 있는지는 몰랐다. 몰개 소리가 들리는 늦은 오후, 북설악에 노을이 지면 (아주 뜨거운 여름날엔 사진리의 서북쪽으로 해가 올라가 떨어졌다) 용촌 개울까지 나가곤 했다. 노을이 연한 가지색으로 바뀌기 전에 닿으려면 자전거 안장에서 엉덩이를 떼고 페달을 밟아야 했다.

속초역을 떠나 사진리를 지나 천진역으로 가는 동해북부선의 파괴된 철길, 옛 강원도의 끝 안변까지 가는 철길이었다. 멀리 부서진 교각들이 남아 있던 그곳. 등에 이발소네 꼬맹이라도 태우고 달렸더라면 내 허리를 꼭 안아 의지와 정이 붙었을 것을.

그런 생각을 하면 고향 '영북嶺北'은 낯설다. 아직도 가깝지 않은 사람과 다른 나라의 언어 속에 있는 것 같다. 무언가 잃어버린 자의 향기가 가득한, 독특한 산세와 정서를 가진 시공간 속에 함께 고투했다는 인식은 훨씬 나중에 안 일이었다.

모두가 명편일 수 없고 모두를 기억할 목적도 있지 않다. 결국 시인은 한 편의 시로 기억된다. 생전에 그는 자신의 시 중에서 「고향의 천정天井」을 엄지로 꼽았다. 시인처럼 나 역시 이 작품을 이성선의 일편시로 인정한다.

나는 영북의 문학 속에 촬영된 유일한 이분의 등장을 매우 극적인 천복(天福, 그리움과 시작과 효행)으로 본다. 그분은 시인의 아버지에겐 어머니이며 아버지의 아들에겐 할머니이다. 설악산의 영등할머니 같은 분이었을 것이다. 모자 사이의 손자가 아니라 부자 사이의 할머니가 주인공이다.

그분으로 하여 고성의 메밀꽃밭에 가장 아름다운 서정 하나가 이 땅에 존재하게 되었다. 이 시에는 무언가 외면

한 그러나 계속 그곳을 주시하고 듣게 만드는 이성선의 가녀린 '그것(시적 공간과 영혼의 장소에 도달하려는 영매)'이 있다.

메밀꽃 속에 움직이는 할머니의 성대리. 이곳이 이성선의 슬프고 짧은 유년 시절의 비밀이 간직된 명편의 주소지이다. 읽으면 풍족해서 인색하지 않고 간결하며 아름다워진다. 영북의 한 고독한 시인이 우리 시사에 감히 방점을 찍은 한 점정點睛이다.

그 흰 꽃의 메밀밭은 그의 서정의 완성이다. 주의해서 볼 것은 메밀밭의 저승 하늘에도 할머니는 계시지만 그분의 아들이며 시인의 아버지는 보이지 않는다는 점이다. 아픔을 드러내지 않고 서정 위에 가만히 얹어놓은 영북의 언어가 이 작품이다. 손자가 아들(아버지)을 대신해서 할머니(어머니)를 위로하는 시이다.

즉 이 세계에 속하는 하늘의 메밀밭은 가족의 이산이 해소된 세계일 것은 말할 것도 없으며 완전한 자기 내면의 (이 세계의 당돌함과 폭력성에 대한) 용서와 해후이다. 이성선의 특이한 이산은 또 다른 이성선 식의 이별과 분단을 넘어선 '불귀의 사별'이 되면서 실로 얻기 어려운 자기 나라를 세웠다.

이렇게 숨겨진 (누구나 겪었을) 비극을 그 시 앞에 배치할 때, 이 시는 하늘을 통해 다른 표정을 짓는다. 예견대로 이성선은 그 하늘을 자기의 나라로 삼고 갑자기 떠났다. 바로 그 성대리의 메밀밭 하늘이 영북의 고성과 속초 하늘 속에 비단처럼 펼쳐져 있다.

분단된 이후 남쪽으로 편입된 성대리에서 아버지의 어머니를 시에 얹어놓은 솜씨는 간단하게 볼 기법이 아니다. 그런 의미에서 이 할머니 한 분이 시의 옷을 꽃으로 입고 그 메밀밭에 지금도 살아 '계신다'고 생각하면 마음이 저려 온다.

세상에 시인이 별처럼 많지만 끝까지 시인인 사람은 드물고 죽어서도 시인인 사람은 더 드물다. 또 그리워지는 시인도 많지 않다. 나는 늘 시인은 죽어서 다시 시인이 되어야 한다고 믿기 때문에 살아 있는 시인은 불안해 보인다.

사십 년의 맹렬한 시투(詩鬪, 시마와 싸우는 일)는 허기진 산업화와 탐욕적 독재가 협연하던 시대의 격랑 속에서 그의 성결聖潔은 아슬하게도 이루어졌다. 독특한 자기 언어를 불러내면서 본질적 질문에 새롭게 접근한 그만의 숨결이 있다. 여유로움과 만만漫漫함과 아름다움, 자연의 빛은 그의 시의 혈맥 속에 가득한 은결이다.

우리 시가 잃어버리고 지워버린 것들을 그는 다시 닦아서 새롭게 자기 앞에 바친 정직하고 정갈한 언어의 연금술사였다. 그것이 가능한 것은 바로 그의 고향 성대리와 설악이 선물한 자연의 정신에 의해서였다. 그 성대리 영북은 이성선의 거울과 같다.

한국의 시인들이 현실에 집착하고 편중하면서 시의 내재화가 허술해지고 초월의 내벽이 얇아진 것은 시대에 대응하는 불가피한 문제였다. 이성선의 시는 찢어지고 지친 현대시가 어디로 가야 하는지를 이미 말해주었다.

하지만 그것은 수십 년이 더 지난 뒤에나 그리워지고 논의될 것으로 보인다. 그런 의미에서 이성선은 아직도 미래의 시인이다. 이 지상을 왔다가 이십 년 전에 떠났음에도 아직 오지 않은 시인이다. 이보다 영예로운 시인은 없다.

우선 시인의 전형全形으로 볼 때 그와 비슷한 시인이 없었으며 그전에도 없었다. 둘째는 그의 화법이 그 시대 주류들과 달랐다. 셋째는 그의 시 정신이 지상에만 머무르지 않았다는 점이다. 하나 더 추가한다면 그에겐 선적 풍류(혼자 대금을 공부했다)가 있었다.

그가 하늘을 노래한 것은 진지한 삶과 죽음과의 연계에서 비롯되었다. 그는 오래전부터 죽음을 노래했다. 70년대 어둠 속에서 피워낸 죽음 시편은 다시 해석되어야 하지만 그는 나에게 여러 차례 죽음에 관한 어려운 고백을 했다.

목숨은 '없음'으로 돌아가는 것이 아니다. 더 명증한 세계로의 '이동'을 통해 죽음과 삶은 별도의 형식으로 존재한다. 영북의 어느 시간 속에서 한 소년이 "아버지, 저 달 보세요, 우리를 따라와요?(!)" 하고 외쳤을, 그 기쁨과 자문과

호소에 상통하는 것이 죽음이다(그때 그 목소리를 아버지는 잊지 못했을 것이다). 한 시대가 끝나고 또 한 시대가 막힐 때마다 그는 자신을 언어로 단련했다.

시란 무엇인가. 그 달빛 속에 다다르기 전까진 이 지상에서 부르는 그 어떤 위대한 노래라도 하나의 목마름이며 미완이며 죽음 앞에서 문을 두드리는 절규이다. 이 소통을 불러냈던 그 죽음 의식도 한국의 어느 시인에게서도 찾아보기 힘든 그의 독보적인 영역이다.

이 세계는 현실 세계만 있지 않다. 점점 더 우리가 모르는 세계에 놓여지고 있다. 그래서 그 죽음 의식이 보편적인 것이길 바라며 누구나 옷 입는 그 죽음이 우리를 정화시키고 살아가게 한다고 말하고 싶다. 우리는 죽는 것이 아니라 건너간다.

그리하여 이러했을 것이다.

> 내 일생 저 논물만 들여다보며 / 마음 씻고 살다가 / 귀먹고 눈 멀어 육체 버리고 떠나면 // 저 논물 안에 가서 거문고나 튕기리라.
>
> — 「거문고」 부분

결의에 찬 이성선의 노래이다. 교사 시절 양양 낙산사를 지나가던 어느 밤의, 이성선의 명쾌한 육성이 들린다. 이

러한 시상들은 모두가 이성선의 것이기 전에 먼저 성대리의 것이다. 그 성대리는 신선봉의 것이다.

그가 고성에서 태어나 하늘을 쳐다보며 시를 썼다는 사실만으로 영북은 고요와 열정, 침묵과 발랄함을 지닌 시적 공간이 되었다. 성대리는 이성선의 전생의 집이고 영혼의 거처이다. 메밀꽃 핀 그의 '고향의 천정'은 성대리에만 있다.

그는 가까운 고향으로 들어가지 못했고 '거문고'의 노래를 다 부르지 못했다. 하지만 그는 이 지상보다 먼 객지에서 잃어버린 아버지와 달을 언어로 삼고 설악의 하늘을 자신의 나라로 등기했다. 아무도 그의 하늘을 빼앗아갈 수 없다.

영북에 이성선이 없다면 영북은 지리적 영북일 뿐이며 이 변방의 산색山色을 언어적으로 의식하고 기억할 길이 없다. 그의 시는 깨끗한 의상을 제대로 갖추어 입은 영북지역의 시적 영예라고 할 수 있다. 이것이 이성선 시인이 존재하는 무위의 가치이다.

최근의 어떤 잡지들은 시인의 고향과 출생 연도를 밝히지 않는다. 나를 즈려밟고 가기를 바라는 님에 대한 소월의 미망은 진달래꽃의 영변이 무대인 것처럼 장소는 시의 시종始終이다. 그는 나에게 "오십이 되면 성대리로 들어가겠다"고 했지만 돌아가지 못했다. 하지만 그 정도만 해도

대단하며 부족함이 없다. 오히려 돌아가지 않음의 미완이 완성보다 더 미래적이다.

다시 돌아보아도 성대리는 시인들의 고향 중에서 가장 아름다운 풍광을 가진 꿈길로 이어진 하늘이다. 지금도 '성대리' 하고 읊조리면 이성선의 거문고 소리가 맑은 가을 하늘 저켠에서 그리움으로 울린다.

3. 시인들과의 먼 이별, 물소리 속으로 돌아간 이성선

세월이 흐르면 시들도 시간을 이기지 못하고 낡거나 거칠어지고 탈색한다. 이성선의 「고향의 천정」, 「거문고」 등에는 그리 오래되지 않은 영북 고유의 시적 정서가 아련하다. 이루어진 것이 아니기에 그 향기는 더 고고하다.

한국 시의 형세에서 이성선은 동쪽에 우뚝 서 있다. 그의 시를 조용히 천천히 읽어 가면 무언가 슬프고 아름다운 것들이 치음과 순음 속에 부딪힌다. 상처 입은 지난한 세월과 싸워 극복해온 우리 시의 한 모서리가 보인다.

그림자는 육체보다 더 큰 그림자(아버지, 설악)를 남겼다 사망선고가 아닌 실종 혹은 무소식의 절망은 적막했을 것이다. 죽은 자는 종결의 의미가 있기에 위로될 수 있는 반면 단절은 하늘의 꽃밭 속에 숨겨진다. 이것이 필자가 발견한 이 시의 한 비밀이다.

누구도 그것을 묻지 않았고 그도 먼저 답한 적이 없었다. 그가 혼자 서정의 언어와 싸웠을 시간들이 시집 속에 고스란히 남아 있다. 그것은 한 시인의 것만이 아닌 영북의 것으로서의 아름다운 극복이고 형상이며 자존이다.

이제 필자는 그보다 더 나이가 많은 사람이 되었다. 그런데 죽은 사람은 살아 있는 사람보다 더 젊다. 죽은 사람에겐 시간이 가지 않는다. 이것도 불공정한 슬픔이지만 그들은 죽고 우리는 살아 있다. 살아 있는 것이 득만도 아닌 것 같다.

양쪽으로 동자머리를 묶은 문수처럼 그는 영원히 어른이 되지 않을 작정이다. 더 자라지 않는 소년으로 남아 성대리 실개천과 하늘에 가끔 나타날 것이다. 그래야 늙어서도 시의 별자리를 지킬 수 있고 죽어서도 그 하늘을 쳐다볼 수 있다. 이것이 시생詩生의 길이고 시마의 끝이다.

우리도 죽으면 이성선처럼 시간이 가지 않는 곳에 있을 터이다. 죽은 사람들은 영원히 늙지 않고 다시 죽지 않는다. 나의 시간은 그를 따라갈 수 없다. 모든 것이 새로워지는 문명 같지만 오늘의 시는 어제의 시보다 더 낡고 새롭지가 않다.

이십 년이 일 년처럼 흘러갔다. 지난 일월에 작고한 시인이 이 가을에 구름 한 채를 타고 낮 미시령을 넘어 속초로 왔다가 바람 타고 동해 하늘로 나간다. 모두 사라졌고 모두 하루도 채 지나지 않은 한낮의 추억이었다.

설악의 석양이 아름답게 물든 이성선의 구름옷이 흘러간다. 40년 전 속초의 젊은 시인들이 '물소리시낭송회(1981년, 간사 김명기)'를 결성하고 그 첫 번째 낭송회가 열리던 날 저녁을 잊을 수가 없다. 손에 든 촛불에 비추던 그의 얼굴이 지금도 생생하게 남아 있다. 어느 날, 믿었던 주체들이 허무 속으로 사라지고 기억만 파괴될 편도체 속에 남았다. 이것이 살아있는 자들의 죽은 자들을 껴안게 되는 또 다른 생의 허무이다.

무엇이든 숙명적으로 그렇게 된 것에 대해 변명할 것은 없다. 청각을 울리는 물소리는 슬픔의 소리이자 인식의 기별이다. 마음은 그이 거문고 현을 뜯어본다. 심장이 멎을 듯 고요한 밤의 길가. 가족을 잊지 않겠다는 마지막 속삭임이 써레질한 논물에서 이녘의 불빛으로 비친다.

나는 지금도 그가 죽었다고 여기지 않는다. 한 이십 년간 못 만났을 뿐이다. 어쩌면 어둑한 골목에서 호프 한 조끼 하고 동명동 언덕의 집으로 시 쓰러 돌아갈지 모른다. 반과산에서 두보를 만난 이백이 저렇게 까칠해진 것은 다시 때문이라고 한 것처럼 그는 시 때문에 살았고 시 때문에 죽었다.

실감 나게 말해서 죽음을 건너갔으므로 이제는 영영 가닿을 길이 없는 그 영북의 머나먼 산과 하늘, 바람, 단풍 속에 그는 잠들었다. 우리는 그를 시로밖엔 만날 길이 없다. 그 시 속에서 들어야 하는 수많은 마음부수의 낙엽과 물결이 뒤척이고 찰랑인다.

4. 내설악 가을의 영실천으로

올가을엔 그가 잠든 가야동 계곡에서 오는 영실천을 찾아 그의 옛 노래를 들어보련다. 젊었을 때처럼 문을 걸어 잠근 영실천을 또 찾아가 추운 바람 속에 귀를 감싸고 들으련다.

'시인이여, 우리가 젊었을 때의 그 날들이 생생합니다. 우리는 죽어도 시는 죽지 않습니다.'

그의 날카로운 죽음 의식은 너무나도 생을 아끼고 사랑하고 두려워했기에 발생한 결절結節이었다. 어느 날이었다. 나에게

"고형"
"예"

"난 정말 자신이 없습니다."

"무엇이 말입니까."

"정말 죽을 수 있을까?"

어두운 속초 거리의 가로등 아래 침묵이 걸어간다, 1980년대 초였다.

그는 정말 죽었다. 망각할 수 없기에 죽음은 너무나 고통스러웠고 한편 저 자연 속에서 짧게 지나간 원적圓寂의 찰나였다. 모든 것을 끊어놓는. 그러나 나뿐 아니라 그 가족과 지인들은 모두 그로부터 이쪽 세계에 남겨졌다.

삼십 년 동안 치열하게 노래한 이성선의 영가는 궁핍하지 않다. 영실천 물은 북한강의 춘천과 양평, 팔당을 거쳐 서울을 통과해서 염하로 간다. 그는 그 밤 강물 속에서 불을 켜놓고 시를 쓴다. 그의 물소리는 언제나 성대리 하늘에 와닿아 계절마다 먼저 노래한다.

늘 마음속에 한 존재를 기리며 살았던 시전詩田 이성선은 이십 년 전 백담사 영실천으로 떠나갔지만 지금도 한 자루의 다 타지 않은 촛불로 조용히 앞을 밝히면서 우리 시의 눈 속에 빛을 뿌리고 있다.

자기-비움과 미未주체의 가능성
— 이성선의 시세계

여태천(시인, 동덕여대 교수)

1. 세속의 시인, 우주의 시

이성선(李聖善, 1941~2001) 시인은 강원도 고성에서 태어나 1970년『문화비평』에 시「詩人의 屛風」외 4편을 발표하고 1972년『시문학』추천으로 등단하였다.『詩人의 屛風』(현대문학사, 1974),『하늘문을 두드리며』(전예원, 1977),『몸은 지상에 묶여도』(시인사, 1979),『밧줄』(창원사, 1982),『나의 나무가 너의 나무에게』(오상사, 1985),『별이 비치는 지붕』(전예원, 1987),『별까지 가면 된다』(고려원, 1988),『새벽 꽃향기』(문학사상사, 1989),『향기나는 밤』(전원, 1991),『절정의 노래』(창작과비평사, 1991), 『벌레 시인』(고려원, 1994), 『산시』
(시와시학사, 1999), 『내 몸에 우주가 손을 얹었다』(세계사, 200
0) 등 모두 13권의 시집을 냈다.[1] 그 외에도 공동시집 『샘
물 속의 바다가』(김달진·조정권·최동호·이성선, 문학사상사, 1987),
『시간의 샘물』(이수익·조정권·최동호·이성선, 나남, 1990), 『지상
에는 진눈깨비 노래가』(이수익·조정권·최동호·이성선, 민음사, 199
2), 『별 아래 잠든 시인』(나태주·송수권·이성선, 문학사상사, 2001)
4권이 있다.

폴 오스터(P. Auster, 1947~)의 「미국의 아들」은 뉴욕 북부
에서 40년 넘게 가업인 석탄과 목재상을 하며 시를 썼던
윌리엄 브롱크(W. Bronk, 1918~1999)와 그의 시에 대한 짧은
글이다.

> 미국은 그 시인들을 삼키고, 감추고, 그러고는 잊어버린다. 유
> 명하게 된 소수(이들 중에서도 재능이 평범한 자들이 있다)를 제
> 외하고, 어떤 목적의식이나 유행을 추종하지 않는 시인은 따돌림
> 당할 수밖에 없다. 그리고 기껏 운이 좋아야 동료 시인들의 존경
> 을 받을 뿐이다. (중략) 무명 시인의 시만이 읽을 가치가 있다고 말
> 하는 것은 어리석은 노릇이겠지만, 동시에 『뉴요커New Yorker』
> 에 매주 실리는 시와 『포에트리Poetry』에 매달 실리는 시가 최고
> 의 현대시라고 말할 수도 없다.
>
> ― 폴 오스터, 「미국의 아들」(1978) 중에서[2]

---

1) 『하늘문을 두드리며』와 『밧줄』은 장시 연작시집이다. 이성선 시인은 『밧
줄』의 내용을 조금 수정하여 『시인을 꿈꾸는 아이』(1997)로 다시 출간한
다.

이와 같은 사정은 한국의 문단과 시인들에게도 마찬가지다. 다만 이성선 시인은 동료 시인들에게 존경을 받았으며, 그들은 이성선 시인을 우리 시대의 가장 순수한 시인이라고 평가한다. 그러나 그가 문단의 조명을 크게 받은 건 아니었으며, 그의 작품들 역시 독자들로부터 많은 사랑을 얻지는 못했다.

폴 오스터는 윌리엄 브롱크의 작품이 거의 알려지지 않은 이유를 세 가지로 이야기한다. "첫째, 그의 시는 너무 어렵고 까다롭다. 너무 난해해서 좋은 의도로 접근하는 독자들마저도 쫓아버리는 것이다. 둘째 그의 책은 한 권을 빼놓고는 엘리자베스 출판사에서 값비싼 호화판으로 출판되었고, 그런 이유로 잘 발견되지 않는다. 셋째, 브롱크가 아주 개인적인 사람이어서 자신의 시집을 판촉하지도 않고 관련 기사도 쓰지 않고 낭독회도 별로 하지 않는다."[3] 세 번째 이유가 이성선의 시인의 경우에 해당된다고 볼 수 있다. 유행을 쫓지 않았던 윌리엄 브롱크가 헨리 소로(H. D. Thoreau, 1817~1862)와 에밀리 디킨슨(E. Dickinson, 1830~1886)의 독특한 미국적 전통을 계승한 것처럼 이성선 역시 자

---

2) 폴 오스터, 『폴 오스터의 뉴욕 통신』, 이종인 옮김, 열린책들, 2007, 150쪽.
3) 폴 오스터, 위의 책, 151쪽.

기 세계를 분명하게 구축한 시인이었다.

　이성선의 시는 "노장적 색채가 가미된 불교적 세계"[4]를 잘 보여준다. 실제로 그의 시에서 "자연은 단순한 주객일치나 조화의 대상을 넘어서, 종교적 구도와 합일의 대상"[5]인 경우가 대부분이다. 한편으로 그의 시는 사회적 현실이나 삶의 일상을 다루지 않고 자연 사물이나 자연과의 교감, 혹은 '우주적 존재론'에 집중되어 있다.[6] 예컨대 그의 '시론'이라고 봐도 무방할 「나의 시세계」에서 "보이지 않는 세계에서 와서 보이지 않는 세계로 돌아간다. 우리 몸은 거의 대부분 이 보이지 않는 세계가 돌아와 지어 놓은 신비의 집이다."[7]라고 기록하고 있다. 한 개체로서의 몸이 우주적 질서에 따른 신비로운 현상과 다르지 않다는 시인의 생각은 그의 시와 산문에서 어렵지 않게 발견된다. "물방울 속에 들어 있는/ 산 하나" "물방울 속에 들어 있는/ 사람 하나"(「물방울 우주」, 『새벽 꽃향기』, 1989)를 발견하는 것은

---

4) 최동호, 「한국적 전통과 현대 불교시의 전개」, 『한민족어문학』 40, 한민족어문학회, 2004, 357쪽.

5) 전도현, 「이성선의 형이상학적 자연시 연구: 우파니샤드의 梵我一如 사상을 중심으로」, 『비평문학』 60, 한국비평문학회, 2016, 214쪽.

6) 김문주는 이성선의 시에서 "자연이나 구도는 성적 관능과 긴밀하게 연관되어 있어서 이 점을 해명하지 않고서는 그의 시적 특성과 변별점을 구체적으로 밝히는 것은 어려워 보인다."(「이성선 시의 관능성과 구도求道의 성격」, 『어문논집』 58, 민족어문학회, 2008, 292쪽 참조)고 말한다.

7) 이성선, 「나의 시세계」, 『나의 나무가 너의 나무에게』, 오상사, 1985(『이성선 문학전집산문시 기타』, 여태천최동호 엮음, 서정시학, 2011, 211쪽). 이성선 시인의 산문은 여기서 인용한다.

어려운 일이 아니다. 시인의 우주적 상상력이 돋보이는「미시령 노을」은 이와 같은 그의 삶과 시적 세계를 집약해서 보여주는 작품이다.

> 나뭇잎 하나가
>
> 아무 기척도 없이 어깨에
> 툭 내려앉는다
>
> 내 몸에 우주가 손을 얹었다
>
> 너무 가볍다
> ―「미시령 노을」(『내 몸에 우주가 손을 얹었다』, 2000) 전문[8]

나뭇잎이 어깨에 내려앉는 그 짧은 순간에 우주의 질서를 지상의 몸으로 읽어내고 있는「미시령 노을」은 이성선 시인의 시세계를 가늠하게 하는 별자리 역할을 한다. 이성선의 시가 자연친화적 상상력으로 우주적 질서와 무위의 세계를 탁월하게 형상화했다는 문학적 평가는 틀리지 않다. 시인이 "시는 내게 있어서 우주 그 원초적 생명에 다가가는 길, 그래서 하나가 되는 일, 즉 나와 우주의 합일을 꿈

---

8) 이성선, 『내 몸에 우주가 손을 얹었다』, 세계사, 2000(『이성선 문학전집서정시』, 이희중·최동호 엮음, 서정시학, 2011). 이성선 시인의 시는 여기서 인용하며, 작품이 수록된 시집을 따로 명기한다.

꾸는 삶 속에서 피어난 꽃"⁹⁾이라고 말하기도 했지만, 이것
만으로 이성선 시세계를 온전히 설명하기는 어렵다.

> 벌레는 어둠에서 나와 땅 위를 기어갑니다. 작고 보잘것없는
> 몸 구부렸다 폈다 하며 지구의 한 부분을 기어갑니다. (중략) 불타
> 오르며 허물을 벗으며 끝없이 하늘문을 두드립니다. (중략) 드디어
> 그는 자기를 파괴하고 자기 안의 나를 파괴하고 한 마리 나비로
> 완성되어 하늘로 날아오릅니다. 우주를 소유합니다.¹⁰⁾

그런데 이 우주는, 벌레로서의 한 존재가 꿈꾸던 것이었
다는 점에서 새롭게 해석할 필요가 있다. 시인이 세속적
삶에 대해 충분히 많은 이야기를 하지 않은 것은 사실이나
세속에 묶여 있는 인간과 모든 존재에 대해 고민하지 않은
것은 아니다.

2. 구도의 역설과 자기-비움

「미시령 노을」에서 "내 몸에 우주가 손을 얹었다"라는
사태는 시적 주체의 특별한 경험이다. 사유할 수 없는 것

---

9) 이성선, 「시, 우주, 삶이 하나로 가는 길」, 『시와 시학』, 1994년 가을호(『
이성선 문학전집산문시 기타』, 276쪽).
10) 이성선, 「서시」, 『하늘문을 두드리며』, 전예원, 1977(『이성선 문학전집산문시
기타』, 200쪽).

을 사유하도록 강요하게 만드는 어떤 사태를 시인이 만났을 수 있다. 달리 말해 오직 감각밖에 될 수 없는 세계의 감각불가능과 만나게 되는 것이라는 점에서 그 사태는 '초험적 경험'[11]에 가깝다. 하지만 "너무 가볍다"라는 마지막 구절처럼, 그것은 지극히 개인적이며 말 그대로 '초험적'이다. 하지만 시의 주체가 느꼈을 강력한 경험의 강도, 이 '가벼움'이 단순한 물질의 가벼움일 수는 없다. 또한 우연히 얻게 된 정신의 가벼움이라고 단정해버릴 수 있는 것도 아니다. 이성선 시에서 우주적 질서와 무위의 세계를 이야기하면서 "너무 가볍다"라는 초험적 경험이 논리적이지 않다고 말할 수 있겠지만, 그것을 그르다고 말할 수는 없다. 감각 능력과 사유 능력의 불일치를 보여주는 이 '가벼움'은 어쩌면 자기를 비운 자의 '가벼움'처럼 보인다. 시인은 어떻게 그 '가벼움'을 체험할 수 있게 된 것일까.

---

11) 질 들뢰즈G. Deleuz는 '초험적(초월론적) 경험transcendental experience'이란 뭔가 보고 들었는데 그것이 정확히 무언지 알 수 없는 '감각불가능성의 경험'이라고 말한다. '초험적인 것the transcendental'은 '선험적인 것the a priori'과 구분된다. 초험적인 것은 시간과 공간과 같은 선험적 조건 안에서의 경험이 아니다. 초험적인 것은 기존에 있던 경험의 조건을 와해시키며 더 이상 그것이 작동하게 못하게 한다. 사유와 감각의 가능조건이 아니라 그 가능조건을 깨고 뭔가 알 수 없는 힘을 경험 속으로 불러들인다. 다른 한편에서 초험적인 것은 주체의 경험을 초월자에게 전적으로 내맡기는 '초월적인 것the transcendent'과 분명히 대치된다. 그러므로 선험적인 것과 초월적인 것은 초험적 경험을 방해한다. 초험적인 것에서 가장 중요한 것은 '강도intensité'다. 감각과 사유 안으로 밀고 들어오는 강도에 의해 선험적 조건과 초월자를 깨는 초험적 경험이 일어난다(질 들뢰즈, 『차이와 반복』, 김상환 옮김, 민음사, 2004, 145~149쪽, 318~332쪽 참조).

「몸은 지상에 묶여도」는 지상의 육신과 하늘의 영혼이 대비를 이루면서 시인의 삶의 방향과 시적 태도를 엿볼 수 있게 하는 작품이다.

> 한밤 짐승이 되어 울까
> 눈물 가득 꽃이 되어 울까
> 광야에 웅크려 하늘을 본다
> 몸은 지상에 묶여도
> 마음은 하늘에 살아야지
> 이 가지 저 가지를 헤매며
> 바람으로 울어도
> 영혼은 저 하늘에 별로 피어야지
> 절망으로 울던 마음 그 가난도
> 찬연한 아픔으로 천상에 빛나야지
> 광야에 웅크려 다시 하늘을 본다
> 마음 잎새에 빛나는 별빛이어
> 눈물 가득 꽃이 되어 울까
> 한 마리 짐승이 되어 울까
> ― 「몸은 지상에 묶여도」(『몸은 지상에 묶여도』, 1979) 전문

"이 가지 저 가지를 헤매" 보지 않고 "저 하늘에 별"을 간절하게 이야기할 수는 없다. 누군가는 지상(삶)을 잊어야 하늘(영혼)이 보인다고 말하겠지만, 지상의 누추하고 고달픈 몸을 모르는 이가 우주의 질서를 생각하는 것 또한 어

려운 일이다. "절망으로 울던 마음 그 가난"은 오직 "찬연한 아픔"으로만 "천상에 빛"날 수 있다. 그러니 시인이 "저하늘에 별"을 이야기하면서 지상에 묶여 있는 몸을 말하지 않은 것은 아니다. 지상의 현실이 어쩔 수 없이 살아가야하는 고행이며 벗어나야 할 대상이 아니다. 인간으로서 그가 겪어야 할 현실은 엄연하게 존재한다. 그러므로 "곧고 바르게 살기란/ 어려워라. / 맑고 아름답게 살기란/ 더욱 어려워라."(「절망」, 『별까지 가면 된다』, 1988)라고 말할 수밖에 없다. 이성선 시인은 몸의 세계와 마음의 세계가 지상과 하늘에 따로 존재한다고 생각하지 않았다. 이성선 시인은 자신의 몸을 둘러싼 천박하고 폭력적인 세계와 맞서 싸우기보다 우주적 질서와 무위의 세계를 지키는 길을 택했다. 그렇다고 그의 시가 일상과 현실의 문제를 철저하게 배제하고 초월적인 세계를 지향하는 것은 아니다. 그러면서도 시인은 "이 가지 저 가지를 헤매"고 있는 마음이 끝내 흐려지지 않기를 바라며 별을 바라보는 숭고한 자세를 잃지 않았다. "저 하늘에 별"이 지니는 높음은 소멸자인 인간과 불멸자와의 경계를 가르는 분기점과 같다.[12] "이 가지 저 가

---

[12] 여기서 '숭고한 자세'는 미셸 드기(M. Deguy)의 '숭고the sublime' 체험과 가깝다. 미학적으로 종종 '초험적 경험은 숭고로 설명된다. 경험 대상이 너무 크고 낯설고 강렬해서 통상적 경험으로 설명할 수 없을 때, 숭고를 느끼게 된다는 것이다. 그러나 '초월성'에 의한 숭고는 낯선 경험을 익숙한 경험의 질서 안에서, 사유의 동일성 안에서 생각하게 한다는 점에서 초험적 경험으로서의 숭고와 다르다. 한편으로 숭고는 현실 너머로

지를 헤매"는 것은 현실적 삶에서의 희생과 욕망의 포기에 의한 것이지만 그 자체로 기쁨이며 보상이다. 현실 너머의 곳으로 주체를 이끄는 영혼의 고양은 물질적이거나 정신적인 손실로 설명될 수 없다. 시인이 시를 쓰는 자신에게 쓴 산문의 한 구절에 그 단초가 보인다.

> 나의 시는 나에게로 가는 문이다. 나의 시는 내 안의 또 다른 나를 찾아가는 고행의 발걸음이며 하늘로 가는 문이고 지옥으로 향하는 몸짓이며 동시에 지옥과 천당을 한 몸에 지니고 가는 자의 노래이다. (중략) 자기를 상실한 인간은 끝내 자기가 누구인지도 모르는 또 다른 자기를 찾아 헤매야 했고, 인간으로 태어나 함께 길들여져 온 나 또한 이 잃어버린 나를 찾아 헤매게 되었으니 바로 이 고통 속의 헤맴이 내 시작업의 길이다.[13]

시인의 평생 외로운 작업은 시를 쓰는 일이다. 이성선 시인은 자기를 상실한 인간으로서 잃어버린 자기를 찾아 헤매는 것이 시인으로서의 운명이라고 생각했다. 그가 할

우리를 이끌어가는 영혼의 고양 혹은 감각적 직관을 꿰뚫으며 일어나는 윤리적 체험으로 이해되기도 한다. 미셸 드기는 숭고란 높음의 단계로 올라간다는 것을 의미하며, "'소멸'이라는 인간 조건'이 바라보이는 신성과 **흡사한**comme 자리, 말하자면 신성의 옆자리에 다다를 때까지 상승한다는 말이다. 그 가벼운 돌출 지점, 저 너머와 **흡사한 높음의 높음**에 이르면 생사가 하나를 이룬 채 "상징화되어" 바라나 보인다."라고 말한다(미셸 드기, 「고양의 언술」, 장뤽 낭시J.L. Nancy 외 지음, 『숭고에 대하여』, 김예령 옮김, 문학과지성사, 2005, 18-19쪽 참조).

13) 이성선, 「나의 시세계」, 『나의 나무가 너의 나무에게』, 오상사, 1985(『이성선 문학전집산문시 기타』, 207~209쪽).

수 있는 일이 외롭고 가난한 시 쓰기였다는 것을, 그것이 힘겨운 '구도'의 과정이었음을 짐작하기란 어렵지 않다. 진리나 종교적인 깨달음의 경지를 구하는 것을 구도라고 한다. 이 과정에서 구도하려는 이는 세계 혹은 타자와 싸워야만 하며, 때로 그 대상이 자신이 되기도 하다. 어떤 행위와 사유를 통해서건 지금까지의 사태를 넘어서야만 한다. 그런 점에서 구도란 전진의 운동이다. 그런데 이성선 시인에게 구도란 일방적인 전진이 아니다. 말하자면 뭔가와 싸워 이기는 것이 아니라 주어진 조건을 견디는 방식이다. 또 한편으로 이성선 시인에게 구도란 이해 불가능한 경험을 초월자에게 돌리는 초월이나 경험 그 자체를 무無로 받아들이는 해탈을 목표로 하지 않는다. 그러므로 세계로부터의 도피가 아니다. 왜냐하면 언제나 이성선 시에서 주체는 현실과 함께 있기 때문이다.

버스가 길을 달린다
그 속에 내가 실려 흔들거린다.
세상으로 이리저리 뻗은 길을 버스가 가듯
하늘로 뻗은 나뭇가지로 기어가는 벌레
이 벌레 속에
기생충처럼 실려서
잠을 자는 사람
먹고 있는 사람

창밖을 보며 생각에 잠긴 사람

옆과 떠드는 사람

책을 읽는 사람

사랑을 속삭이는 사람

술을 마시는 사람

벌레가 기어간다.

버스가 달린다.

별들이 명멸하는 우주의 모롱이를

지금 그렇게

나를 실은 지구 버스가 달리고 있다.

—「벌레 버스」(『별이 비치는 지붕』, 1987) 전문

"세상으로 이리저리 뻗은 길"을 달려가는 버스는 세상살이와 다르지 않다. 뻗은 길은 언제나 가야 할 곳이 있음을 우리에게 알려준다. "잠을 자는 사람" "먹고 있는 사람" "창밖을 보며 생각에 잠긴 사람" "옆과 떠드는 사람" "책을 읽는 사람" "사랑을 속삭이는 사람" "술을 마시는 사람" 들처럼 우리도 어딘가로 가고 있으며 또 가야 한다. "하늘로 뻗은 나뭇가지로 기어가는 벌레"처럼 마구 밀

고 들어오는 자극과 유혹, 강박에 저항하기란 쉽지 않은 일이다. 그럼에도 불구하고 "우주의 모롱이"를 돌고 있다는 생각을 하는 이는 누구인가? 자신의 몸과 말을

줄일 수 있는 이가 아니라면, 이와 같은 초험적 경험에 이른다는 건 쉬운 일이 아니다. 자신의 자리가 작아졌다는 것만 생각하는 사람들은 세계가 줄어들 수 있다는 사실을 결코 받아들이지 않는다. 버스가 벌레만큼 줄어들어 달릴 때, 화자인 '나'의 눈에 '벌레 버스'를 타고 있는 이들이 조금 더 잘 보인다. 그들의 현재 모습만이 아니라 그들의 미래에 닥쳐올 삶도, 자신의 삶도 짐작할 수 있게 된다. "별들이 명멸하는 우주의 모롱이"를 달리고 있다는 사실을 벌레처럼 작아져야만 알게 되는 것도 시인이 감내해야 할 고통이다. 언젠가 '벌레 버스'인 "지구 버스"는 사라지고, 그 풍경이 사라질 때 다른 풍경이 새롭게 자리를 채울 것이다. 지금까지 그래왔던 것처럼 계절은 바뀌고, 나무와 꽃은 그 시간을 견디며 생명을 이어갈 것이다. 어쩌면 시인은 변하지 않을 풍경을 지켜보고 있는지도 모른다. 온전히 시인만의 것이라고 볼 수 없는 저 풍경은 날짜가 바뀔 때마다, 계절이 바뀔 때마다 하나씩 더 늘어날 것이 분명하다. 현재는 완성된 것이 아니며 최종 단계가 아니기 때문이다. '벌레 버스'를 타고 있는 시인은 버스를 탄 다른 이들을 바라보고 자신에게 들이닥칠 것들을 알게 된다. 그때 시인은 스스로를 해방시킬 수 있는 순수한 자기부정自己否定을 체험한다.

세상에 대하여
할 말이 줄어들면서
그는 차츰 자신을 줄여갔다.

꽃이 떨어진 후의 꽃나무처럼
침묵으로 몸을 줄였다.

하나의 빈 그릇으로
세상을 흘러갔다.
빈 등잔에는
하늘의 기름만 고였다.

하늘에 달이 가듯
세상에 선연히 떠서
그는 홀로 걸어갔다.
　　　　　　　— 「구도」(『별까지 가면 된다』, 1988) 전문

　「구도」는 희망이 없는 삶이 때로 그 삶을 덜어내는 것
에서 새로운 희망이 가능하기도 하며, 그것이 곧 구도의
어려운 과정임을 함께 이야기한다. 뭔가를 덜어내는 것은
현실적 욕망과 거리를 두는 일이다. 세상에 대해 말을 줄
이고 삶을 덜어내는 이것을 은둔이라고 한다면, 그 은둔은
속세를 벗어나 저 자연의 품으로 되돌아가려는 것처럼 보
이기도 한다. 하지만 우리가 상상하는 초연하고 고상한 물

리남 같은 은둔은 시인의 작품에서 찾아보기 어렵다. 시인의 거리두기는 고상하고 아름다운 일이 결코 아니다. 동시에 일순간 지상의 고뇌와 무거운 짐을 벗어던지는 해탈을 경험한 것도 아니다. 그것은 전혀 다른 삶의 방식이다. "세상에 대하여/ 할 말이 줄어들"었다고 누구나 세상을 등지고 살지 않는다. 할 말이 많아도 세상과 멀어지기도 하고, 말은 하지 않으면서 잘사는 이들도 있다. 결코 현실 그 자체를 버릴 수는 없다. 중요한 것은 "그는 차츰 자신을 줄여 갔다."는 사실이다. 누구나 최소한 자신의 자리가 이 세계에 있다고 믿고 산다. 비록 그 자리가 아직 확보되지 않았더라도 언젠가 마련될 것이라고 생각한다. 자기의 자리란 곧 세계의 크기다. 「구도」에서 화자인 '그'는 쪼그라든 자신의 세계를 몸의 줄어듦으로, 말의 줄어듦인 '침묵'으로 보여준다. 그것은 전진도 도피도 해탈도 아닌 견딤의 존재 방식이다.

현대인들은 물질적인 것이든 정신적인 것이든 자신이 줄어드는 것을 받아들이지 못하며, 오히려 그들을 불편하게 하는 현실로부터 도피한다. 시인이 "꽃이 떨어진 후의 꽃나무" 세계로 자신의 자리를 옮겼다면, 현대인들은 '꽃이 떨어지기 전의 꽃나무' 세계에 남고 싶어 한다. 그들은 끊임없이 제 몸과 감정을 부풀리고, 그것을 실시간으로 알리는 일에 열중한다. 그것은 자신을 소비하는 도피에 가깝다. 반면 「구도」에서 은둔은 그런 도피가 아니다. '그'의 자리는 점점 줄어들어 결국 "빈 그릇"이 된다. "빈 그릇"으로 세상을 산다는 것은 삶이 비어가는 것처럼 고통스럽고 힘든 일이다. 평안과 안식이라고 해야 할 구도의 결과는 오지 않은 미래에 있지 않다. 그것은 삶의 한복판에서 언제나 추구되고 실천되어야 한다. 그 방법이 '자기-비움'이다. 자기-비움은 지금 현재 승리를 구가하고 있는 한시적 진리 주장에 휘둘리지 않을 수 있는 유일한 방법이다.

삶의 본질이 끊임없이 전진하고 확장하는 주체에 있다고 많은 사람들은 이야기한다. 그것을 성공이나 명예, 혹은 행복이라는 허울 좋은 근사한 수식어로 드높이기도 한다. 한편으로 구도의 길을 걷는 사람은 물질적 욕망을 포기한 대신 정신적 욕망을 얻으려고 한다. 그런데 구도의 과정이 치열한 정신적 싸움이라는 점에서, 그것은 자아를 포기하는 싸움이 아니라 자아를 증식하는 싸움이다. 이성선 시인은 자아를 하나씩 쌓아가며 키우는 구도

의 길을 걷지 않는다. 여기에 이성선 시인만의 구도의 역설이 있다. 진정한 구도라면 이 정신적 싸움에서도 실패해야 한다. 사실 무언가를 할 수 있기 위해서는 먼저 무언가를 하지 않아야만 한다. 하지 않는 여유가 뭔가를 할 수 있게 하기 때문이다. 그런데

뭔가를 하지 않을 결심은 언제나 어렵다. 자아를 중식하는 구도의 정신적 싸움에 매달리는 것은 결코 자기-비움이 될 수 없다.

다행히 영혼마저 그런 것 같지는 않다. "빈 등잔"에는 더 이상 어둠을 밝힐 기름이 없으나 "하늘의 기름"이 고인다. 자신의 자리를 다 내어주고 난 뒤에 얻은 "하늘의 기름"이 실제로 비어 있는 삶의 "빈 그릇"을 채울 수 있는 것은 또 아니라서 '그'에게 주어진 길은 "홀로 걸어"가는 것 외에 달리 방법이 없다. 이것이 시인의 길이 아니라면 무엇일까. 등잔의 기름은 마르고 바람 앞에 불은 깜박이더라도, 그것과 무관하게 하늘에는 달이 떠가듯 "그는 홀로 걸어"간다. 그 모습이 "선연히" 보이는 것은 '그'의 영혼이 고결해서이기도 하겠지만, 그 길을 가는 이가 드물기 때문이기도 하다. 삶의 폭주에 딴지를 걸며 멈출 때, 우리의 마음과 몸에는 상처가 나게 마련이다. 그 단계를 거치지 않을 수 없다. 시인이 선택한 은둔의 삶은 평화롭거나 고요하게 시작되는 것이 아니라 자신의 몸과 말을 줄여가는 상처를 동반하면서 이루어지는 것이다. 시인이 언제나 자질구레하고 보잘것없어 보이는 삶의 문제들과 함께 있기 때문이다.

그러니 고통스러운 현실을 깨닫고 거기서 벗어나겠다고 누구나 은둔하며 홀로 걸어갈 수 있는 것이 아니다. 반대로 이 현실에서 다른 형태의 은둔을 실천하는 것이 불가능한 것도 아니다. 세계와 거리두기, 예컨대 사회의 지배적 담론으로부터 벗어나기, 과잉 연결된 관계 조절하기, 다른 생명체의 목소리 듣기 등이 은둔의 방법이 될 수 있다. 너무 가까이 있으면 재앙인 것들이 있다. 과도한 생산, 과도한 연결, 과도한 소통, 과도한 소비, 과도한 학습, 과도한 신뢰, 도처에 과도한 것들이 넘친다. 반면에 지켜야 할 것도 있다. 누구 하나 균형을 깬다면 조화로운 우주적 질서는 사라진다. 덜 만들고, 덜 움직이고, 덜 쓰고, 덜 벌고, 덜 배우고, 덜 믿어야 한다. 존재의 무게를 더는 것은 눈을 감고 멀리 있는 산을 바라보는 명상만으로는 절대 가능하지 않다.[14] "빈 그릇"이 되더라도 세계를 오래 지켜보고 교감하면서, 현실의 삶을 견디고 저항하면서, 새로운 삶을 만들어가야 한다.

> 내 몸이 다 비어지면
> 그대 곁에 가리라.
> 겸허한 손 깨끗한 발로
> 그대에게 가서
> 쉬리라.
> 잠들리라.
> 그대 영혼의 맑은 사랑을

---

14) 비파사나Vipasyana나 禪불교에서 말하는 '卽心成佛'이 아니라 티베트 불교의 '卽身成佛'이 '자가비움'에 가깝다.

내 빈 그릇에 담고
내 꿈을 그대 가슴에 담아서
　—「내 몸이 비어지면」(『별까지 가면 된다』, 1988) 중에서

　자기-비움은 자아를 증식하는 것이 아니라 축소시키기 때문에 언제나 고달프고 외로울 수밖에 없다. 하지만 자기를 비워야 무엇인가 찾아온다. 물론 '비어 있는 삶'은 고통스럽지만 실제의 삶을 덜어낼 수 있어야 "빈 그릇"에 "그대 영혼의 맑은 사랑"이 담긴다. 그것은 「구도」의 "빈 등잔"에 "하늘이 기름"이 고이는 일과 다르지 않다. 이처럼 자기-비움은 다른 존재를 인정하고 함께했을 때 가능하다. 그 결과 "내 빈 그릇"에 "그대 영혼의 맑은 사랑"이 담기고, "그대 가슴"에 "내 꿈"이 담길 수 있게 된다. 그러므로 "그대 곁에 가리라"에서 '그대'는 인간을 포함한 모든 존재일 수밖에 없다.

3. 무위와 미未주체의 가능성

　뭔가를 하지 않기 위해서는, 주어진 삶에서 가능한 것과 불가능한 것을 가르는 마음 저 깊은 곳에서의 동의가 있어야 한다. 그 동의는 오랜 시간을 요구한다. 왜냐하면 포기

를 통해 자아를 축소시켜야 하기 때문이다. 사람들은 세계가 자신의 것이라고 고집스럽게 붙들고 있다. 그것을 놓치는 순간 세계에서 자신의 자리가 사라질 것이라고 생각한다. 불필요한 자아라도 그 자아를 포기하는 것은 어려운 일이다. 물러난다는 것은 중심으로부터 바깥으로의 이동이다. 그것은 무대의 중심이 누리는 관심을 포기해야 한다. 동시에 물러나는 순간 자신이 하찮은 존재라는 것을 인정해야만 한다. 그것이 물러난 자의 윤리며 자기-비움의 태도다.

> 갈아놓은 논고랑에 고인 물을 본다.
> 마음이 행복해진다.
> 나뭇가지가 꾸부정하게 비치고
> 햇살이 번지고
> 날아가는 새 그림자가 잠기고
> 나의 얼굴이 들어 있다.
> 늘 홀로이던 내가
> 그들과 함께 있다.
> 누가 높지도 낮지도 않다.
> 모두가 아름답다.
> 그 안에서 나는 거꾸로 서 있다.
> 거꾸로 서 있는 모습이
> 본래의 내 모습인 것처럼
> 아프지 않다.

산도 곁에 거꾸로 누워 있다.
늘 떨며 우왕좌왕하던 내가
저 세상에 건너가 서 있기나 한 듯
무심하고 아주 선명하다.

— 「논두렁에 서서」(『나의 나무가 너의 나무에게』, 1982) 전문

　폭주하는 삶의 길에서 잠시 멈출 때 보이지 않는 것들이 보인다. 시인이 세계를 특별하게 볼 수 있는 것은 그 세계 앞에서 멈춰 섰기 때문이다. 그 앞에 멈춰 서기 전에 시인도 우리처럼 "늘 떨며 우왕좌왕"했다. 누구든 세상살이에 서툴지 않을 수 있겠는가. 한편으로 지나친 욕망 때문에, 또 한편으로는 세계에 대한 두려움 때문에 "늘 떨며 우왕좌왕"한다. 그런데 시인이라고 읽을 수밖에 없을 화자인 '나'는 논고랑에 "고인 물"을 보고 마음이 행복해진다. 예사로운 일은 아니다. 겨우 논두렁에 서 있는 그에게 물질적 풍요가 갑자기 찾아왔을 리 없으니, 그 행복은 자기로부터 온 행복이다. 엄밀히 말하자면 달그락거리는 삶의 "빈 그릇"에 더 이상 연연하지 않을 수 있었기 때문이다. '나'는 스스로를 풀어놓는 자기부정으로부터 촉발된 행복을 체험하게 된다. 자기최면이 아닌 자기해방이다. '나'는 꾸부정한 "나뭇가지"와 번지는 "햇살" 그리고 "날아가는 새 그림자"와 자신의 모습을 "고인 물"에서 '함께' 본다. 화자인 '나'

가 본 풍경은 물 밖에서도 얼마든지 볼 수 있는 자연이다. "고인 물"에서 그것이 보였다는 것은, 우선 '나'가 제 마음을 비웠기 때문이다. "늘 홀로이던 내"가 "그들과 함께 있다"는 것은 "빈 그릇"에 뭔가가 다시 채워졌기 때문이다. 높게만 보이던 산도 '나'의 곁에 거꾸로 누워 있다. 산의 높이마저 사라지는 잠깐 동안의 이 초험적 경험이 '나' 스스로를 해방시킨다. "고인 물"에 "거꾸로 서 있는" '나'는 현실에서의 자신을 부정하면서 동시에 다른 존재들과 함께 있다. '나'가 독립적인 것이 아니라는 사실을 깨닫는다. 모든 관계는 사물에 내재해 있는 것이 아니라 외재적 접속에 의한 것이다. 다른 방식으로의 세계구성이다. 그것은 있는 그대로의 세계에 참여하는 것이다. 논고랑의 "고인 물"에서는 뭔가를 더 채우고 더 키우고 더 늘려야 할 것이 없다. "빈 등잔"에 "하늘의 기름"이 고이듯, 논고랑의 "고인 물"에 세계가 높지도 낮지도 않게 있다. 보고 싶은 것만 보려는 현대인과 달리 자기를 비우면서 얻은 세계에서 이성선 시인은 그만의 아름다운 길을 찾으려고 했다. 하

지만 안타깝게도 "이 가지 저 가지를 헤매"(「몸은 지상에 묶여도」)는 것은 결코 끝낼 수 있는 일이 아니다.

살아 있다는 사실에는 모종의 신비감이 섞여 있다. 다른

선택이었으면, 현재의 자신이 아닐 수 있다는 것에는 분명한 해답이 있을 수 없기 때문이다. 살아 있다는 사실 자체보다 더 심오한 것은 없다. 그래서 욕망의 자아는 세포처럼 증식한다. 뭔가를 먹고 흡수하는 자아는 외부와 투쟁하고 외부를 증오한다. 그러나 욕망을 버리면 자아는 축소된다. 무위는 그저 혼자 있는 자가 취할 수 있는 태도가 아니다. 무위는 욕망하는 것과의 연결을 끊음으로써 얻게 되는 특별한 자유며 그것은 자기해방의 기술이다. 이 자유는 언제라도 다른 연결로 이어질 수 있는 가능성과 뭔가를 하지 않을 가능성을 동시에 지닌다. 실현되지 않은 사태로서의 잠재성이다. 완결된 현실태가 아닌 가능성을 지닌 잠재태로 존재하는 것이다.[15] 구현되는 순간 잠재성은 사라진다. 그러므로 살아 있다는 사실은 잠재성의 우연한 사태

---

[15] 조르조 아감벤은 '실재성(actuality; being)'을 한 번 실현되면 더 이상의 어떤 가능성을 갖지 못하는 것으로, '잠재성(potentiality)'을 어떤 것으로 실현되지 않은 상태로 설명한다. "What is essential is that potentiality is not simply non-Being, simple privation, but rather *the existence of non-Being*, the presence of an absence; this is what we call "faculty" or "power." "To have faculty" means *to have* a privation."(Agamben, G., *potentialities*, edited&trans, D. Heller-Roazen, Stanford Univ. Press, 1999, p. 179.) 덧붙여 조르조 아감벤은 존재의 잠재성은 '결핍(자가-비움)'과 '하지 않을 능력과 관계하며, 바로 그러한 방식으로 잠재성을 갖게 된다고 말한다. "To be potential means: to be one's own lack, *to be in relation to one's own incapacity*; Beings that exist in the mode of potentiality *are capable of their own impotentiality*; and only in this way do they become potential. They *can be* because they in relation to their own non-Being. In potentiality, sensation is in relation to anethesia, knowledge to ignorance, vision to darkness."(Ibid., p. 182.)

다. 어떤 욕망에 구속되지 않는 삶은 더 많은 삶의 가능성을 가질 수 있다.

> 나무는 몰랐다.
> 자신이 나무인 줄을
> 더욱 자기가
> 하늘의 우주의
> 아름다운 악기라는 것을
> 그러나 늦은 가을날
> 잎이 다 떨어지고
> 알몸으로 남은 어느 날
> 그는 보았다.
> 고인 빗물에 비치는
> 제 모습을.
> 떨고 있는 사람 하나
> 가지가 모두 현이 되어
> 온종일 그렇게 조용히
> 하늘 아래
> 울고 있는 자신을.
> ― 「나무」(『새벽꽃향기』, 1989) 전문

'하늘을 향해 자라는 나무'는 긍정적이든 부정적이든 인간의 정념에 대한 비유로 볼 수 있다. 그런데 그 나무가 "하늘의 우주의/ 아름다운 악기"라면 자연친화적인 세계로

읽게 마련이다. 하지만 그 가운데 '떨고 있는 나무'가 있다. 시인의 삶을 적절하게 비유하고 있는 그 나무는 잎을 다 떨구고 "떨고 있는" 나무이자 "울고 있는" 나무다. 삶에의 갈망을 절실하게 느낀 사람만이 삶을 크기를 줄일 수 있다. 말하자면 죽음에 대한 두려움을 경험하지 않고서는 삶의 맹목적인 확장을 거부할 수 없는 것이다.

늦은 가을 잎을 떨구자 "아름다운 악기"가 갑자기 전혀 다른 모습으로 바뀌었다고 보긴 어렵다. 여전히 "아름다운 악기"이면서 '떨고' '울고' 있는 나무다. 주목할 것은 나무가 '떨고' '울고' 있는 제 모습을 발견하는 곳이 다름 아닌 "고인 빗물"이라는 점이다. 「논두렁에 서서」의 "고인 물"에서처럼 '그'는 "고인 빗물"에서 문득 현실 '너머'의 세계를 초험적으로 체험한다. 여기서 '고인'이란 술어는, 「구도」에서의 "빈 그릇"과 "빈 등잔"의 이미지와 연결된다. 몸과 마음을 비워낸 자리다. 실제로 "빈 등잔"에 "하늘의 기름"이 담겼듯이 "고인 빗물"에는 '떨고' '울고' 있는 나무가 있다. 그러니 척박한 환경과 외로운 심사를 내포하는 '떨고'와 '울고'를 세속적인 사람살이로만 이해할 수 없는 것이다. 무엇보다 '떨고'와 '울고'에서 "아름다운 악기"의 연주를 상상할 수 있으며, 또 한편으로는 완전히 표현될 수 없는 시인의 육체적, 심적 상태를 읽을 수도 있기 때문이다. 흔들림과 울음은 언제나 세계에 있지만 그 흔들림과 울음은 "고인 빗물"에서만 만날 수 있으니 결코 평범하다고 볼 수 없다. 뒤늦게 흔들림과 울음이 원래 거기 있었음을 알게 된다면 그 순간에 시인이 흔들리지 않을 수도, 울지 않을 수도 없을 것이다. 하지만 "조용히"에서 알 수 있듯이, 그 흔들림과 울음은 오직 시인의 몫으로 남는다. "아름다운 악기"를 이야기하는 시인은 여전히 흔들리고 그의 언어에는 울음이 짙게 묻어 있다. 그것 역시 "고인 빗물"에서의 일이다.

악은 행위로서 제 자신을 증명한다. 그런 면에서 모든 식물적인 것은 대부분 선하다. 당연히 무생물은 선할 수밖에 없다. 어떤 행위가 가져오는 결과가 악을 만든다. 인간의 행위는 대부분이 자기를 위한 것이기 때문에 그래서 종종 악이 된다. 자아를 위한 것이 아닌 경우만 인간의 행위는 어느 정도 선해질 수 있는 것이다. 언제나 어떤 힘이 인간의 행위를 유발한다. 그 힘의 대부분은 나약한 자아를 집어삼키고 강해진다. 그리고 결국엔 타자를 향한다. 어쩌면 행위를 동반한다는 점에서, 주체가 된다는 것 자체가 악일 수 있다. 이성선의 시에는 이런 원초적이라고 할 힘, 말하자면 증식하는 자아가 없다. 자연이 되려고 했던 시인의 시에 유독 하늘과 별 그리고 달과 나무의 이미지가 많이 등장하는 이유가 여기에 있다. 그의 시에는 수동적이며 한없이 조용한 미未주체가 존재할 뿐이다.

물을 들여다보며
산이 꽃이 되기를 기다린다.

산을 들여다보며
사람이 악기가 되기를 기다린다.

— 「물을 들여다보며」(『빈레시인』, 1994) 중에서

이성선의 시에서, 주체가 스스로 뭔가를 행하는 것이 아니라 가만히 자연의 움직임을 기다리는 장면을 어렵지 않게 발견할 수 있다. 자기-비움, 자발적 유배로서의 은둔, 그로 인한 무위의 삶과 시-쓰기는 시인에게 유일한 유배지와 같다. 「별을 바라보는 우물」은 유배지와도 같은 사막에서의 초험적 체험을 다루고 있다.

사막 작은 나무 곁의 별 아래서 몸을 오그리고 잠을 잤다. 옆에는 모래밭을 헤매며 풀을 뜯는 염소들을 위한 우물이 있었다. 낮에는 몰랐으나 밤에 우물은 눈을 뜨고 하늘을 쳐다보며 잠을 자지 않고 깨어 있었다. 내가 누워 눈을 감은 동안에도 우물은 혼자 눈을 뜨고 있었다. 사막이 다 잠든 뒤에도 우물은 깨어 별을 바라보았다. 잠들지 않은 내 귀가 우물 속으로 별이 퐁당퐁당 빠지는 소리를 들었다. 우물 속에 내려와 떠드는 별들의 소리를 들었다. 하늘의 염소가 물을 마시러 내려와 별 사이에서 풀을 뜯고 있었다.

다음날은 그곳을 떠났지만 나는 그 후로 내 마음의 사막 한곳
에 밤이면 깨어 눈을 뜨고 별을 쳐다보는 우물 하나를 갖게 되었
다.
　　　―「별을 바라보는 우물」(『내 몸에 우주가 손을 얹었다』, 2000) 전문

공간의 구조적 짜임이 분명한 이 시는 주체의 시각과 청
각의 체험을 특별히 강조하고 있다. 어떤 사실을 지금 현
재 자신이 향유하고 있다고 느낄 때 그 감각은 증폭된다.
사막에 우물이 있고 낮엔 염소들이 우물의 물을 마신다.
'나'는 그 옆 나무에서 잠을 청한다. 밤이 되어 모두가 잠을
자는데, 우물은 눈을 뜨고 하늘을 바라본다. 그 우물 속으
로 별들이 퐁당퐁당 빠진다. 사막이 다 잠든 뒤에도 우물
은 깨어 있다. 별을 바라보는 시각적 체험과 별이 우물에
빠지는 소리의 청각적 체험은 실제로 사막에 홀로 있다는
사실에 의해 강렬해진다. 하늘의 염소도 내려와 물을 마시
고 풀을 뜯는 아름다운 동화의 한 장면이 전반부의 이야기
다. '나'가 사막에 오기 전에도 사막을 떠난 뒤에도 여전히
남아 있을 자연의 이야기다. '나'는 이 모든 것들을 눈으로
확인하지 않는다. 우물의 이야기는 '나'의 이야기다. '나'는
자신의 감각이 아닌 우물의 위치에서 이야기를 이끌어간
다. 풍경의 주체가 되는 것이 아니라 풍경의 일부로 풍경
을 완성한다. 후반부는 '나'가 그곳을 떠난 뒤에도 사막 같

은 현실을 살아가면서 마음의 우물을 갖게 되었다는 생각
이 진술된다. 우주적 질서를 무심하면서도 선명히 보여준
다. 우물에는 어떤 생명도 홀로 존재하지 않으며, 어떤 사
물도 홀로 운동하지 않는다. 다음날 '나'가 그 사막을 떠났
어도 이 사실은 결코 사라지지 않는다. 다양한 방식으로
이야기는 모방될 수는 있겠지만 결코 재연될 수 없는 체험
이다.

「논두렁에 서서」의 "고인 물"과 「나무」의 "고인 빗물"이
"별을 쳐다보는 우물"로 바뀌었다. 「논두렁에 서서」의 "고
인 물"과 「나무」의 "고인 빗물"이 현실을 되비추면서 초험
적 경험을 드러냈다면, 「별을 바라보는 우물」에서 '우물'은
스스로 하늘을 바라본다. 이 우물은 이성선 시인이 「나의
시세계」에서 밝힌 시-쓰기의 의미를 분명하게 보여준다.

바로 이 우주의 신비와 비밀에 눈을 뜨고 영혼과 하나로 깨어
함께 노래하기 위하여, 깨침의 세계를 찾아들어가 우주 신비의
우물 속에서 새롭게 새롭게 샘물을 떠 노래하고 춤이 되기 위하
여 걸어가는 길이 詩作의 길이다.[16]

이성선 시인은 바로 그 우주의 우물에서 자신의 영혼을
찾았고, 그 우주의 우물에서 시-쓰기의 의미를 알게 되었

---

16) 이성선, 「나의 시세계」, 『나의 나무가 너의 나무에게』, 오상사, 1985(『이
성선 문학전잡산문시 기타』, 214쪽).

다. 영혼을 찾으려는 자기성찰의 도구였던 우물은 자기해 방의 과정을 거쳐 시인의 내면에 들어앉아 하나의 세계로 완성된 것이다.

4. 시의 자리

'시는, 문학은 무엇을 할 수 있는가?'를 묻는 자리에서 언제나 할 수 있고 해야만 하는 중요한 대답을 막아서는 것들이 있다. 잔인하고 폭력적인 사건들과 예외적인 현상 들을 텔레비전과 인터넷은 우리에게 끊임없이 제공한다. 인간은 그렇게 사악하지 않다는 통계적 수치가 있는데도 불구하고 세상은 좀체 달라지지 않으며 점점 더 엉망진창 이 되어 가고 있다. 시는 오랫동안 인류에게 필요한 것들 을 나름대로 처방했지만 사람들은 시를 믿지 않는다. 마치 의심을 품고 있는 환자처럼 시적 진실을 무시하며, 자연과 인간의 조화를 불가능한 현실로 받아들인다. 인간은 이기 적이니 그들에게 기대할 게 없다고 말하는 게 지금의 인간 이다. 그럼에도 불구하고 자연과 함께 오랫동안 살아온 인 간을 믿고 따르는 길에 희망이 없는 것은 아니다.

이성선 시인은 흔들리는 나무에게도 그 희망의 세계가 있다는 것을 '별을 바라보는 우물'로 보여주었다. 누군가

간절히 목이 마를 때면 그 우물의 물을 마시고, 아름다운 별이 그리우면 거기서 별을 볼 수 있으리라. 이성선 시인은 자연과 모든 생명체에게 친절했다. 시인이 예외적 인간이어서가 아니다. 인간은 원래 그랬을 것이다. 다른 사람들은 그 방법을 잊어버리거나 불필요하다고 생각해 버렸던 것이다. 이제 그것이 필요 없다고 말하는 것은 인간에게 희망이 없다고 말하는 것과 다르지 않다. 이성선의 시를 읽는다는 것은 그 희망의 가능성을 지켜보는 일이다.

연보

1941년 1월 2일 설악산 북쪽에 위치해 있으며 금강산의 가
장 남쪽 봉우리라 일컫는 신선봉神仙峰 아래 마을
강원도 고성군 토성면 성대리 226번지에서 부친
이춘삼李春三 모친 김월용金月溶 사이의 2남 1녀 중
장남으로 태어남. 가정은 중농이지만 6·25때 부친
이 북으로 가시어 모친 아래서 성장. 산골에서 5K
m 떨어진 청간정 옆의 천진초등학교를 다님.

1953-4년 초등학교 5-6학년부터 시를 쓰기 시작했으며 시
작 노트가 있었다고 전해지나 현재 실물을 확인할
수 없으며 친아우 이현우는 이때 쓴 작품으로「송
사리」를 기억하고 있음.

1955년 속초중학교에 입학. 중학교 2학년 때 희곡을 써 동
네 사람들을 배우 연출시켜 마을 회관에서 공연하
여 인근 동네부락에서 많은 사람들이 며칠 동안 구
경 오기도 했음. 왕복 70리 거리의 학교를 반은 집

에서 걸어 다녔으며 반 정도는 학교에서 십 리 떨어진 누님댁에서 다님. 초등학교부터 고등학교 때까지 먼 거리를 친구가 없어 혼자 다녔음, 이로 인해 주로 자연과 친구하며 말하고 지내는 시간이 많았음. 중학교에서는 극작가 고동률(본명 양한석·작고) 선생으로부터 국어를 배우며 서연호(연극평론가, 고려대 국문학과 교수)와 사귀고 문학에 대한 동경을 갖게 됨. 독서에 열중함.

1957년 이때까지 불러오던 이름 이진우李珍雨를 수복지구 호적 복원에 따라 이성선李聖善으로 바꾸어 부르게 됨.

1958년 속초고등학교에 입학. 김송원 선생으로부터 국어를 배우며 문학에 대한 열정을 키움. 이반(극작가, 숭실대 교수, 본명 이명수)과 같은 책상에 앉아 공부함. 그러나 불면과 신경쇠약으로 1학년 2학기부터 2학년 1학기까지 1년간 학업을 중단 집에서 휴양. (등록을 계속하고 시험만 치르고 진학) 낮에는 산과 들로 쏘다니고 밤에는 시와 소설을 탐독. 이때부터 시 읽기 시작.

1959년 9월. 2학기에 들어 복학. 대학 진학을 결심.

1961년 4월. 문과대학에 진학하고 싶었으나 모친의 강권으로 포기하고 고려대 농학과에 진학.

1962년 5월. 대학 2학년에 진학하여 전공과목을 배우면서 자신의 학과 선택이 잘못되었음을 깨닫고 학업을 중단할 생각으로 학보병으로 입대하여 최전방에 배치됨.

1964년 제대하여 진로를 놓고 다시 고심하였으나 복학하지 않을 경우 재입대시키는 병역법으로 인해 복교.

1966년 재학시절에 등단하고 싶었으나 뜻을 이루지 못해 졸업을 남겨놓고 농촌진흥청에서 실시하는 4급(현7급) 농업연구직 국가공무원 시험에 응시하여 합격.

1967년 2월 대학졸업과 동시에 수원 농촌진흥청 작물시험장에 들어가 콩을 연구함. 그러나 9월에 이르러 장차 문인과 학자의 두 길을 놓고 고민하다가 시를 쓰며 살기를 결심하고 귀향.

1969년 속초에서 문학동인 '설악문우회'를 결성하고 동인으로 활동하기 시작.

1970년 고향 근처의 농업고등학교 교사로 부임. 이때부터 1999년 8월 31일까지 속초, 양양, 고성 지역의 중·고등학교에서 교사 생활.『문화비평文化批評』에 「시인의 병풍」 외 4편으로 데뷔.

1971년 최영숙崔英淑과 결혼.

1972년『현대문학』자매지로 발간되는『시문학詩文學』에 첫 시인으로 재추천(추천위원 : 김상옥, 이원섭). 장남 지현 출생.

1974년 10월 첫 시집 『시인의 병풍』(현대문학사)출간. 차남
　　　찬현 출생.

1977년 11월 연작 장시집 『하늘 문(門)을 두드리며』(전예원)
　　　출간.

1979년 10월 시집 『몸은 지상에 묶여도』(시인사) 출간.

1981년 최명길, 이상국, 고형렬과 더불어 속초에서 물소리
　　　시낭송회 개최. 그로부터 작고 시까지 150여 회 개
　　　최.

1982년 12월 장시집 『밧줄』(창원사) 출간.

1985년 6월 시집 『나의 나무가 너의 나무에게』(오상사) 출
　　　간.

1986년 3월 고려대학교 교육대학원 국어교육과 입학. 어
　　　머니 별세.

1987년 2월 시집 『별이 비치는 지붕』(전예원) 출간. 김달진,
　　　조정권, 최동호와 첫 4인 시집 『샘물 속의 바다가』
　　　(문학사상사) 출간.

1988년 2월 『박목월 시인의 공간의식과 심상체계』라는 논
　　　문으로 고려대학교 교육대학원 석사학위 취득하여
　　　정식으로 국어 교사됨. 시집 『별까지 가면 된다』(고
　　　려원) 출간.

1988년 10월 강원문화상(문학부문) 수상.

1989년 12월 시집『새벽꽃향기』(문학사상사) 출간.

1990년 제22회 한국시인협회상을 수상하고 이수익, 조정권, 최동호와 더불어 두 번째 4인 시집『시간의 샘물』(나남) 출간. 연작장시「산시山詩」40편을『현대시학』10월호부터 12월호까지 발표.

1991년 4월 시집『향기 나는 밤』(전원) 출간. 9월 시집『절정의 노래』(창작과비평사)와 시선집『빈 산이 젖고 있다』(미래사, 한국대표시인 100인 선집) 출간.

1992년 이수익, 조정권, 최동호와 세 번째 4인 시집『지상에는 진눈깨비 노래가』(민음사) 출간.

1994년 2월 김윤식, 박완서, 신봉승, 김화영, 최동호 등과 중국의 북경, 서안, 계림, 상해 등지를 여행함.

1994년 5월 제6회 정지용문학상 수상. 10월 시집『벌레시인』(고려원) 출간.

1995년 2월 황동규, 최명길, 김정웅, 송하춘, 최동호, 박덕규 등과 최초로 인도를 방문하여 엘로라 석굴, 아잔타 석굴, 갠지스, 뭄바이, 부다가야 등지를 여행하고 2월 17일 칼카타에서 테레사 수녀를 만났음.

1996년 제1회「시와 시학상」(작품상) 수상. 속초, 고성, 양양 환경운동연합 결성하고 공동의장을 맡아 활동함.

1997년 7월-1998년 6월 최명길 시인과「목요문예」강원 운영.

1999년 9월 시집 『산시山詩』(시와 시학)출간. 사단법인 시사
　　랑문화인협의회 (약칭 『시사랑회』)창립에 참가하여 회
　　장직을 고사하고 부회장으로 활동함.

1999년 8월 고성중학교 교사를 마지막으로 중등학교에서
　　명예 퇴직하는 한편 설악산 아래서 산을 바라보며
　　시를 씀.

2000년 1월 한 달 이상 인도 배낭여행을 하여 심신이 쇠약
　　해짐.

2000년 2월-2000년 10월까지 원주의 「토지문학관」 관장으
　　로 재직했음.

2000년 3월 숭실대학교 문예창작학과 겸임교수로 부임하
　　였음.

2001년 2월 최동호, 박성규 등과 호주의 시드니, 뉴질랜드
　　의 크라이스트 처치, 퀸스 타운 등을 여행하였으며
　　이 여행이 마지막 여행이 됨.

2001년 5월 4일 타계 강원도 속초시 교동 799의 93번지 자
　　택에서 영면함, 삼일장을 치르고 화장 후 유골은
　　백담사 계곡에 뿌려짐.

2001년 6월 5일 고려대학교에서 「시사랑회」 주관으로 추
　　모 시낭송회 거행.

2001년 6월 20일 송수권, 이성선, 나태주 3인 시집 『별 아

래 잠든 시인』(문학사상사)이 사후 간행됨.

2001년 6월 21일 백담사 회주 무산 스님의 집전으로 법당
에서 허영자, 정진규, 오탁번, 오세영, 김화영, 노
향림, 최동호, 박호영, 이숭원, 최명길, 이상국, 김
춘만, 나희덕, 강웅식 등 60여 명이 참여하여 49재
추모제를 지냈으며 제를 지내는 동안 커다란 검은
나비가 법당 안을 날아다녔음.

2001년 11월 4일 무산 스님의 배려로 백담사 앞의 개울 건
너편 「영시암」으로 향하는 길목에 정진규 시인의
글씨로 「나 없는 세상」을 새긴 시비를 제막하였으
며 김종길, 정진규, 오세영, 박찬, 이상국, 최동호
등 50여 명이 참여했음.

2002년 5월 3일 11시 「시사랑회」와 「민족문학작가회의 강
원지부」 주관으로 여러 문우들의 뜻을 모아 강원도
고성군 성대리 226번지 생가에서 1주기 추모행사
를 거행하고 평소 존경하던 김종길 시인이 쓴 「미
시령 노을」 시비를 제막했으며 유족을 비롯하여 성
찬경, 원종성, 정진규, 오탁번, 오세영, 김선학, 이
숭원, 문인수, 조정권, 최동호 등과 강원도의 최명
길, 이상국, 이영춘, 박종헌, 이성국 등 100여 명의
문우들이 참석함.

2002년 5월 4일 저녁 7시 속초시 문화회관에서 최명길이

위원장이 되어 속초의 시인들이 김춘만의 사회로 추모문학제 거행.

2004년 5월 1일 숭실대학교 문예창작학과에서 『시인 이성선』(숭실대학교 출판부) 간행.

2004년 5월 4일 성대리 생가에서 「시사랑회」 주관으로 황현산, 이상국, 최명길, 최동호, 조정권, 박찬, 윤성호, 강웅식, 전도현, 여태천, 노춘기 등이 참여하여 3주기 추모행사 거행.

2005년 8월 16일 『이성선 시전집』(시와 시학) 간행.

2009년 11월 20일 김후란 시인의 배려로 「문학의 집 서울」에서 열린 「음악이 있는 문학마당 104회」 행사에서 최동호가 시세계를 발표하고 미망인 최영숙 여사가 추억을 회고함.

2010년 8월 작고 10주기를 준비하기 위해 「이성선 문학전집간행위원회」를 구성하고 추진위원은 최동호, 최명길, 이희중, 여태천 등이 실무 간사는 김승일이 참여하여 자료 조사에 착수함.

2011년 1월 20일 전집 편집 자료 조사를 위해 최동호와 최명길이 교동 자택을 방문하고 미망인 최영숙 여사의 도움을 요청함.

2011년 3월 최동호, 이희중, 여태천, 김승일 등이 모여 전집편찬 최종회의를 하고 일정을 조정함.

2011년 5월 『이성선 전집 1 서정시』(서정시학)와 『이성선 전집 2 산문시·기타』(서정시학) 2권 간행.

2011년 5월 4일 작고 10주기 행사를 고려대학교에서 거행하고 김윤식 교수와 황현산 교수가 그 시세계를 조명.

2016년 9월 24일 오후 3시 속초시 평생교육문화센타에서 속초문화예술포럼 주최로 15주년 추모문학제 거행. 시낭송과 함께 평론가 염무웅의 「비극적 초월 의지의 현실적 근원」, 친구이자 극작가 이반의 「가장 자유로운 모습이 가장 아름답다」는 문학강연이 있었음.

2021년 10월 22일 오후 3시 속초시문화예술회관 소강당에서 설악문화예술포럼 이 주관하는 20주기 추모심포지엄을 거행. 고형렬 시인의 「연실천으로 떠난 영북의 성대리 시인 이성선」과 여태천 시인의 「자기-비움과 미未주체의 가능성」대한 발제와 평론가 김종훈, 시인 장대송, 시인 채재순의 토론이 있었음.

2021년 11월 27일 오후 3시 설악문화예술포럼 주관으로 20주기 추모 시선집 『고향의 천정』을 《서정시학》에서 발간하고 속초문화예술회관 소강당에서 출판기념회를 개최함. 최동호 시인의 「이성선의 시세계」에 대한 강연과 이성선 시인의 고교 동창인 서연호 고려대 명예교수의 「내 친구 이성선」이라는 강연과 함께 이성선 시 100여 편을 캘리그래피로 제작하여 속초시민들에게 증정함.

(*이 연보는 이성선 시인 자신이 작성한 것을 토대로 미망인 최영숙 여사와 평생의 문우 최명길 시인의 자문을 받아 2011년 4월 20일 최동호가 작성하고 이후 자료는 이상국 시인의 자문으로 추가한 것임.)

이성선李聖善

1941년 강원도 고성 출생. 고려대학교 농학과 졸업. 고려대학교 국어교육학
전공. 숭실대학교 문예창작학과 겸임교수 역임.

1970년 『문화비평』에 「詩人의 屏風」 외 4편을 발표. 1972년 『시문학』 추천
으로 등단. 시집 『詩人의 屏風』, 『하늘문을 두드리며』, 『몸은 지상에 묶여
도』 등 13권. 시선집 『샘물 속의 바다가』. 공동시집 『시간의 샘물』, 『지상
에는 진눈깨비 노래가』, 『별 아래 잠든 시인』.

강원문화상, 한국시인협회상, 정지용문학상, 시와 시학상 등 수상.

고향의 천정

이성선 시인 20주기 추모 시선집

2021년 11월 27일 초판 1쇄 발행

지 은 이 · 이성선
펴 낸 이 · 최단아
편   자 · 설악문화예술포럼
편집교정 · 정우진
펴 낸 곳 · 도서출판 서정시학
인 쇄 소 · (주) 상지사
주소 · 서울시 서초구 서초중앙로 18, 504호 (서초쌍용플래티넘)
전화 · 02-928-7016
팩스 · 02-922-7017
이 메 일 · lyricpoetics@gmail.com
출판등록 · 209-91-66271
ISBN 979-11-88903-84-9 03810

계좌번호: 국민 070101-04-072847 최단아(서정시학)
값 17,000원

 *이 시집은 강원도 · 강원문화재단 후원으로 제작되었습니다.